KB113959

MAJOR LEAGUER
메이저리거

FUSION FANTASTIC STORY

강성곤 장편 소설

메이저리거 11

강성곤 장편소설

초판 1쇄 찍은 날 § 2016년 8월 16일
초판 1쇄 펴낸 날 § 2016년 8월 23일

지은이 § 강성곤
펴낸이 § 서경석

편집책임 § 김현미

펴낸곳 § 도서출판 청어람
등록번호 § 제387-1999-000006호
등록일자 § 1999. 5. 31
어람번호 § 제1-2506호

주소 § 경기도 부천시 원미구 부일로 483번길 40 서경B/D 3F (우) 14640
전화 § 032-656-4452 팩스 § 032-656-4453
http://www.chungeoram.com
E-mail § chungeorambook@daum.net

ⓒ 강성곤, 2015

ISBN 979-11-04-90934-4 04810
ISBN 979-11-04-90490-5 (세트)

※ 파본은 구입하신 서점에서 교환하여 드립니다.
※ 저자와 협의하여 인지를 붙이지 않습니다.
※ 이 책은 도서출판 청어람과 저작자의 계약에 의해 출판된 것이므로,
   무단 전재 및 유포·공유를 금합니다.

MAJOR
LEAGUER
메이저리거
FUSION FANTASTIC STORY
강성곤 장편 소설
11
도서출판
청어람

MAJOR LEAGUER
메이저리거

목차

제1장   은밀하게 그리고 위대하게! 2   7

제2장   2010 메이저리그 포스트 시즌   21

제3장   무뎌진 도끼를 넘어서   113

제4장   내셔널리그 챔피언십 시리즈   183

제5장   가까워지는 꿈   211

제6장   또 하나의 기록을 향해서   281

제1장
은밀하게 그리고 위대하게! 2

평! 퍼펑!

우승이 결정된 순간, 다저스타디움의 센터 필드 뒤쪽으로 수많은 폭죽이 계속해서 쏘아지며 하늘을 수놓기 시작했다.

그리고 우승을 기념하듯 신나는 음악이 울려 퍼지고 있었다.

선수들은 우승의 기쁨을 만끽하며 그라운드를 미친 듯이 뛰어다니고 있었다.

서로 하이파이브를 나누고 포옹을 나누는 등 각자의 방법으로 서로의 공을 치하하고 기쁨을 나누고 있었다.

그리고 그 사이에서 민우가 이리저리 도망을 다니고 있었다.

"인마! 거기 안 서!"

그리고 유명 이온 음료의 엠블럼이 그려진 큼지막한 음료수 통을 든 기븐스를 필두로 존슨과 젠슨이 양손에 물병을 든 채 그 뒤를 미친 듯이 쫓아가고 있었다.

그리고 좋은 장면을 놓치지 않겠다는 듯, 큼지막한 중계 카메라를 들쳐 맨 카메라맨이 혼신의 힘을 다해 그들을 쫓아가고 있었다.

양동작전에 당할 자가 없다는 듯 민우는 얼마 가지 못해 결국 붙잡히고 말았다.

"잡았다! 요놈!"

궁지에 몰린 민우는 곧장 비명을 지르며 머리를 감싸 쥐었다.

"아이악! 살려주세요!"

하지만 마냥 싫지만은 않다는 듯 그 입가에는 환한 웃음이 피어 있었다.

촤아아악!

곧 민우의 머리 위로 음료수가 쏟아졌고 뒤이어 물이 찔끔 찔끔 쏟아졌다.

"우하하하!!"

"시원하지?"

"기분이 아주 끝내줄 거야."

온몸에 음료수를 뒤집어 쓴 민우가 머리를 뒤로 쓸어 넘기고는 환한 웃음을 지어 보였다.

"예. 너무 좋네요! 어엇!"

얼굴을 비비며 사방을 둘러보니 선수들이 이리저리 뛰어다니고 있었고, 몇몇 선수는 벌써부터 내셔널리그 서부 지구 챔피언이 아로새겨진 기념 모자와 티셔츠로 갈아입고 있었다.

"웃차!"

환하게 웃던 민우를 바라보던 기븐스와 존슨이 서로 눈을 마주치더니 곧 민우의 양다리를 짚어지고 하늘로 들어 올렸다.

"어어어?"

그 둘의 돌발 행동에 민우가 당황한 표정을 지어 보였다.

하지만 선수들이 자신을 보고 환하게 웃는 모습을 보고는 이내 좋은 기분을 만끽했다.

"우리의 영웅이 여기 있다!"

"포스트 시즌에도 부탁한다!"

"이렇게 된 거 포스트 시즌 연속 경기 홈런 기록 한 번 세워보자!"

"오우!!"

선수들의 시선이 모두 자신에게 향해 있는 것을 본·민우가 환하게 미소를 보이며 고개를 끄덕였다.

"맡겨만 주세요!"

민우의 자신감 넘치는 대답에 선수들이 일제히 환호성을

내질렀다.

"우오오오!!"

"박력 있는데?"

"좋아! 역사에 한 줄 크게 써넣자고!"

"와하하하!"

─다저스의 선수들이 일제히 강민우 선수의 이름을 연호하고 있습니다! 이런 광경도 정말 보기 드문데요.

─한 달 동안 이룬 업적이며 임팩트가 너무 강했으니 그럴 만도 하다 싶습니다. 하하. 참, 보기에도 좋네요.

곧 다시 그라운드로 내려선 민우가 동료 선수 한 명, 한 명과 포옹을 나누며 다시금 기쁨을 나눴다.

"강~ 강~~"

"강~~ 강~~~"

그러고는 귓가를 울리는 박수 소리 사이로 연신 자신의 이름을 연호하는 팬들을 발견했다.

다저스의 팬들은 한 명도 자리를 뜨지 않은 채, 선수들의 세레머니를 지켜보며 웃음을 짓기도, 눈물을 보이기도 했다.

민우는 그 광경을 바라보면서 가슴이 벅차오르는 것을 느끼고 있었다.

'정말 우승이구나. 이 사람들이 전부 우리의 팬이구나.'

수만의 팬이 일제히 자리에서 일어나 박수를 치고 있었고, 사방에서 플래시가 터지고 있었다.

곧 민우는 빠르게 관중석을 향해 달려가 모자를 벗어 흔들었다.

그러자 팬들도 하나둘 모자를 벗어 들고 환호성을 지르기 시작했다.

그리고 민우는 외야를 향해 모자를 흔들어 끝까지 응원의 목소리를 내어준 팬들에게 감사의 뜻을 전했다.

'지구 우승은 이루었으니 그 다음으로 가야지. 월드 시리즈. 절대로 놓치지 않는다.'

민우의 눈빛에는 어느새 강한 의지가 담겼고 음료수에 젖어 드러난 근육과 잘생긴 외모가 조화를 이루며 사람들의 눈길을 강렬하게 사로잡았다.

그리고 그런 민우의 모습을 하나도 놓치지 않겠다는 듯, 중계방송 카메라가 연신 뒤를 쫓아 움직이고 있었다.

그렇게 민우의 일거수일투족이 방송을 타고 전 세계로 퍼져갔다.

＊　　　＊　　　＊

라커 룸에는 이미 파티를 위해 사방에 비닐이 쳐져 있었다.

그리고 맥주와 칵테일을 비롯해 다양한 종류의 술이 가득 담긴 카트가 선수들 사이로 빠르게 들어섰다.

"우오오!!"

"파티다! 파티!!"

"제대로 즐겨보자고!"

촤아아아악!!

촤아아악!!

누가 먼저랄 것도 없이 사방에서 샴페인을 터뜨리며 라커룸은 순식간에 술과 거품 바다로 변해갔다.

민우도 샴페인 한 병을 들고 조심스레 발걸음을 옮기더니 그라운드에서 자신에게 음료수를 쏟아 부었던 기븐스에게 샴페인 세례를 퍼부었다.

"으어어억! 너 이 자식!"

"와하하하!!"

그렇게 진짜 파티가 시작되고 얼마 지나지 않아, 민우의 곁으로 우비를 쓴 인물이 다가왔다.

"강민우 선수!"

선수들에게 칵테일을 뿌려 갈기며 기념 촬영을 하고 있던 민우는 귓가를 울리는 익숙한 목소리에 천천히 고개를 돌렸다.

그리고 민우의 앞에는 이아름 기자가 마치 우비 소녀처럼 얼굴만을 배꼼 내민 채, 마이크를 들고 있었다.

"이아름 기자님?"

민우가 자신을 보고 놀란 표정을 짓자, 아름이 배시시 웃으며 고개를 끄덕였다.

"지구 우승 축하해요."

"하하! 고마워요. 그런데… 축하 인사하러 여기까지 오신 건 아니죠?"

민우가 아름의 뒤쪽을 가리키며 물음을 건네자 아름이 씨익 웃어 보였다.

아름의 뒤쪽에는 콤팩트한 사이즈의 카메라를 들고 있는 남자 한 명이 서 있었는데, 카메라에는 아름의 소속인 몬스터 스포츠 뉴스라는 로고가 박혀 있었다.

"축하는 당연히 진심이구요. 하지만 사적인 감정이랑 별개로 본업에는 충실해야 하잖아요. 그래서 말인데… 인터뷰 괜찮아요?"

아름의 물음에 민우는 흔쾌히 고개를 끄덕였다.

"저 때문에 멀리 미국까지 오셨는데, 당연히 해드려야죠. 그런데 조심하세요."

"에? 뭘?"

민우의 수락에 미소를 짓던 아름은 민우가 다짜고짜 조심하라고 하자, 무슨 말인지 모르겠다는 듯 두 눈을 동그랗게 떴다.

촤아아악!

하지만 뒤이어 눈앞에서 쏟아지는 푸른빛의 액체에 본능적으로 두 눈을 감고 몸을 휘청거렸다.

"꺅!"

덩달아 놀란 민우는 중심을 잃고 휘청거리는 아름의 손목을 잡아 끌어당겼다.

민우에게 몸통만 한 음료수 통의 내용물을 던지다시피 쏟아 부은 범인은 바로 기븐스였다.

기븐스는 민우에게 다시금 복수에 성공했다는 듯, 신난다고 웃어젖히며 순식간에 민우의 곁에서 멀어져 있었다.

민우는 그런 기븐스를 쫓아갈 생각도 하지 못한 채, 아름의 상태를 확인했다.

"괜찮아요? 많이 놀랐죠?"

우비를 뒤집어쓰고 있던 아름이었지만 정면에서 쏟아지는 음료수까지 막을 수는 없었다는 듯, 우비 안으로 음료수가 흘러내리는 것이 보이고 있었다.

아름은 마치 세수라도 한 것처럼 눈을 뜨지 못한 채, 얼굴을 몇 번씩 쓸어내리며 입을 열었다.

"우와~ TV에서 많이 봐서 알고는 있었는데, 설마 진짜로 당할 거라고는 생각 못 했… 억!"

그렇게 말을 하며 눈을 뜬 아름은 바로 코앞에 다가온 얼굴을 확인하고는 순간 깜짝 놀라며 뒷걸음질을 쳤다.

그리고 그제야 자신의 허리에 민우의 손이 올려져 있다는 것을 확인하고는 머리까지 새하얗게 질려가고 있었다.

민우는 아름이 아직 정신을 차리지 못한 것인가 싶어 잽싸게 그 손을 다시 잡아주었다.

"미안해요. 괜히 저 때문에······."

민우의 사과에 그제야 정신을 차린 아름이 고개를 세차게 저으며 살며시 손을 뺴냈다.

"아, 아니에요. 전 괜찮아요. 음··· 이런 장난도 강민우 선수가 축하받을 만한 결과를 냈다는 뜻이잖아요! 뭐, 미안하면 인터뷰 열심히해 줘요! 그거면 돼요."

아름의 목소리는 톤이 살짝 높아져 있었다.

아름의 표정이 꽤나 밝아 보인 덕에 민우도 당황스러운 기분을 거두고 다시금 미소를 지을 수 있었다.

"예. 얼마든지 해드릴게요."

"네. 네! 그럼 바로 시작할게요. 음··· 먼저, 이틀 연속 결승 홈런을 때리고 우승을 한 소감이 어떤가요?"

질문을 건네며 마이크를 들고 있는 아름의 손이 아주 미세하게 떨리고 있었지만 민우는 그 점을 눈치채지 못한 듯 천천히 자신의 소감을 이야기하기 시작했다.

"뭐랄까. 말로 다 설명할 수 없는 감동스러운 기분이랄까요. 사실 전날 경기에서도 그랬지만 오늘 경기에서도 타석에서의 집중 견제로 인해 이렇다 할 기회가 없었는데요. 사실 타석에서 2번의 헛스윙을 했던 것도 도박에 가까웠거든요. 하지만 결과적으로 홈런을 만들어냈고, 팀이 지구 우승을 하는

데에 기여를 했다는 것에 너무나도 행복할 따름입니다."

"네에~ 강민우 선수의 얼굴에 핀 미소가 모든 걸 말해주는 것 같네요. 그럼 다음으로……."

민우가 아름과의 인터뷰를 진행하는 도중에도 수시로 선수들이 민우의 머리 위에 샴페인을 부어대는 통에 인터뷰는 수시로 끊겼다가 진행되기를 반복했다.

"…한국에 계신, 그리고 저를 사랑해 주시는 모든 분들께 멋진 결과를 보여드릴 수 있도록 최선을 다하겠습니다."

"강민우 선수. 힘드실 텐데도 몬스터 스포츠 뉴스와의 인터뷰에 응해주신 점, 진심으로 감사드립니다. 남은 경기 그리고 포스트 시즌까지 멋진 경기, 좋은 결과 기대하겠습니다."

"예. 감사합니다."

삑.

카메라를 들고 있던 촬영 기자가 녹화 종료 버튼을 누르며 손으로 오케이 사인을 보내며 인터뷰가 종료되었다.

중간중간에도 사방에서 샴페인을 수시로 뿌려대는 통에 민우와 아름의 옷은 마를 새가 없었다.

특히 아름은 살짝 얇은 소재의 옷을 입었던 탓에 약간은 민망한 느낌도 없지 않아 있었다.

민우는 빠르게 발걸음을 옮겨 사라지더니, 곧 큼지막한 수건 두 장을 가져와 아름에게 내밀었다.

"여기, 수건이요."

"아, 고마워요."

수건을 받아든 아름은 곧장 얼굴에 묻은 샴페인을 수건으로 톡톡 두드리며 닦아내고는 민우를 바라봤다.

"그럼, 다음엔 월드 시리즈 우승 현장에서 뵙는 건가요?"

아름의 물음에 민우가 피식 웃어 보였다.

"그렇게만 된다면 더할 나위가 없겠죠. 한 달 만에 너무나도 많은 걸 이루었는데 월드 시리즈 우승이라……. 지금도 꿈만 같은데 눈 감았다 떴는데 정말 꿈이면 어떡하죠? 하하."

민우가 능청스럽게 농담을 건네자 아름도 옅게 웃어 보였다.

"에이. 이렇게 생생한 꿈이 어디 있겠어요. 그럼, 다음에 또 봬요. 직접 보지는 못해도 경기는 계속 지켜보고 있으니까요."

"예, 그럼 다음에 또 봬요."

아름에게 마지막 인사를 건넨 민우는 샴페인 병 두 개를 들더니 선수들과 와자지껄 떠들고 있던 기븐스의 뒤쪽으로 슬금슬금 다가가기 시작했다.

그 유치해 보이는 모습에 아름이 피식 웃으며 고개를 저었다.

"아까는 남자다워 보이더니… 지금은 또 애 같단 말이지."

톡톡.

누군가 어깨를 두드리는 느낌에 아름이 뒤를 돌아보니 촬영 기자가 약간은 민망한 표정으로 아름의 얼굴을 바라보고 있었다.

"이아름 기자님. 옷부터 빨리 갈아입으셔야겠어요."

"예?"

영문을 모르겠다는 듯 촬영 기자를 바라보던 아름은 고개를 내리고는 '헉!' 하는 표정을 지었다.

'망했다!'

순식간에 얼굴이 달아오른 아름은 곧 다람쥐처럼 잽싸게 라커 룸을 빠져나갔다.

투명한 우비 너머로 보이는 아름의 젖은 옷 사이로 강렬한 붉은 빛깔을 가진 속옷이 살며시 자신의 존재감을 드러내고 있었다.

제2장

2010 메이저리그 포스트 시즌

　　우여곡절을 겪으며 진행된 인터뷰가 끝이 난 뒤, 현장의 생생함이 그대로 담긴 동영상이 이아름 기자가 작성한 기사와 함께 대형 포털 사이트에 게시되었다.

　　〈꿈을 이룬 '슈퍼 루키' 강민우, 메이저리그 승격 한 달 만에 지구 우승까지. 팀의 중심 타자로 우뚝 서다!〉
　　─캘리포니아 로스앤젤레스, 미국.
　　'킹 캉', '코리안 몬스터', '기록 파괴자', '9월의 사나이'…….
　　메이저리그에서 9월 한 달 동안 강민우 선수가 얼마나 대단한 기록을 세웠는지 증명하는 것 중 하나가 바로 이런 별명들이다.

정규 시즌을 단 한 경기 남겨둔 시점, LA다저스가 내셔널리그 서부 지구 우승을 차지했다.

8월 마지막 날, 내셔널리그 서부 지구에서 LA다저스의 순위는 아래로 한참을 처진 4위에 머물러 있었다.

그렇게 머나먼 이야기로 보였던 LA다저스의 지구 우승은 9월, 강민우의 합류로 인해 완전히 뒤바뀌게 되었다.

홈런, 승리의 반복⋯ 그리고 10월 2일.

LA다저스는 지구 1위이자 우승을 차지하며 대역전극을 이루었다.

그리고 이 경기에서 승리에 쐐기를 박는 홈런 두 방을 날리며 팀을 이끈 선수는 바로 강민우였다.

경기가 끝난 뒤, 라커 룸에는 경쾌한 음악이 흘러나오고 있었고, 선수들이 뿌려대는 샴페인으로 그 분위기는 달아오르고 있었다.

그리고 바로 그 중심에서 선수들의 축하를 받으며 환한 미소를 짓고 있는 강민우 선수를 발견할 수 있었다.

(중략)

▲ 언제쯤 경기의 승리를 확신했는지?

―6회 말, 스러런 홈런을 쳤을 때 승리라는 단어를 떠올렸고, 7회 말 기븐스가 투런 홈런을 때리며 격차를 더 벌렸을 때 승리를 확신했다. 그리고 8회 말, 솔로 홈런을 하나 더 날렸을 때 정말 끝났구나 싶었다. 하지만 야구는 끝까지 알 수 없는 것이기에 긴장

을 늦추지 않았고, 좋은 결과로 이어졌다.

(중략)

▲ 한국에서 채 꽃을 피우지 못하고 방출을 당한 뒤 미국으로 온 것이 약 네 달 전이다. 이렇게 짧은 시간에 LA다저스의 주전 중견수 자리를 차지하고, 지구 우승이라는 기쁨까지 맛보게 되었는데 기분이 어떤가.

—사실 그건 아픈 기억이다. (웃음)한국에서 쫓겨날 때만 하더라도 모든 것이 다 끝났다고 생각했지만 오히려 덕분에 이렇게 미국까지 와서 모든 야구인들의 꿈의 무대라는 메이저리그를 밟을 수 있게 된 것이라고 생각한다. 그래서 원망보다는 오히려 도전할 수 있는 발판을 마련해 주신 것에 감사할 따름이다.

(중략)

▲포스트 시즌에 대한 각오는?

—지금까지 해온 것처럼 앞으로도 내가 해야 할 것들에 최선을 다할 것이다. 나와 달리 동료들은 정규 시즌 처음부터 162경기를 끝까지 달려온 선수들이 많다. 체력적으로도 많이 힘들 것이다. 하지만 그건 상대 팀도 마찬가지일 것이고 그런 점에서 나는 체력적으로도 자신이 있다. 목표는 매 경기 한 개 이상의 홈런을 날려 팀에 도움이 되고, 월드 시리즈를 잡는 것이다.

(중략)

▲마지막으로 할 말은?

—먼저 하늘에 계신 아버지, 그리고 한국에 계신 어머니께 감

사의 말씀을 드리고 싶다. 어릴 적 부상으로 인해 모든 걸 포기하려던 나에게 힘을 북돋아 주셔서 내가 이 자리에 서게 된 것이라고 생각한다. 어머니께서 내가 다시 야구를 하는 것을 허락해 주시지 않았다면 오늘의 이런 기쁨도 느낄 수 없었을 것이다. …(중략)… 한국에 계신, 그리고 저를 사랑해 주시는 모든 분들께 멋진 결과를 보여드릴 수 있도록 최선을 다하겠다.

(중략)

"아직 가야할 길이 멀지만, 그 끝에서 웃음을 짓는 것은 바로 우리가 될 것이다"라는 말로 포스트 시즌에 대한 포부를 밝힌 토리 감독은 "강민우는 공수주를 가리지 않고 환상적인 능력을 가진 선수다. 앞으로 어떤 엄청난 모습을 더 보여줄지 기대가 된다"며 강민우에 대한 기대감을 드러냈다.

내일 디백스와 3차전 일정과 관계없이 지구 우승을 확정지은 LA다저스는 10월 7일부터 홈구장인 다저스타디움에서 애틀랜타 브레이브스와 내셔널리그 디비전 시리즈(NLDS) 1, 2차전을 치르게 된다.

포스트 시즌에서도 강민우 선수의 멋진 활약을 기대하며 내셔널리그 챔피언십 시리즈(NLCS)에서도 강민우가 활약하는 모습을 볼 수 있기를 바라는 바이다.

—대한민국 No.1 스포츠뉴스, MonsterSportsNews.
이아름 기자

상세한 설명이 담긴 기사와 더불어 생생한 인터뷰 영상까지 첨부된 기사는 게시가 된 지 얼마 지나지 않아 그 댓글 수가 순식간에 수백 개가 넘어갈 정도로 관심을 받기 시작했다.

수없이 많은 이가 도전하고, 또 좌절의 고배를 마셨던 메이저리그라는 관문을 뚫고 올라간 것도 놀라운 일이었다.

그런데 약 한 달 만에 20개가 넘는 홈런을 때려낸 것도 모자라 역사에 남을 여러 기록을 하나하나 깨뜨리며 자신의 이름을 야구팬들에게 각인시켰다.

그리고 결국 시즌 마지막 경기를 남겨두고 지구 우승까지 이루어냈다는 것은 한국인들을 몹시 자랑스럽게 하고 있었다.

처음 민우가 마이너리그에서 돌풍을 일으킬 때부터 커져가던 민우에 대한 국민들의 관심은 이제 다저스의 지구 우승을 이끌며 국민 영웅 급으로 올라가려 하고 있었다.

─도전하는 이는 아름답다는 걸 강민우가 증명해 주네. 정말 멋지다!

─정말 고생 많았다. 그 누가 한국에서 그것도 2군에서 방출당한 선수가 이런 결과를 내리라고 예상했을까.

─현재까지 우리나라 타자 중에 단연 톱클래스네.

─기븐스랑 존슨이 기마 태워줄 때 정말 감동이었다.

─같은 한국인이라는 게 정말 자랑스럽다.

─BK에 이어서 우승 반지 한 번 껴보자!

─월드 시리즈에서 한국인 타자가 홈런을 치는 모습을 보고 싶다.

─포스트 시즌에서도 새로운 기록 기대합니다!

─NL 이달의 선수상도 기대된다.

─한 달 만에 4위에서 지구 우승이라니ㅋㅋ 이게 진짜 드라마지.

─강태성이도 미국 가면 저 정도 할 수 있으려나?

그리고 이런 반응은 한국에만 국한된 것이 아니었다.

다저스를 지구 우승까지 이끈 일등 공신은 누가 뭐래도 민우였다.

공격에선 거의 매 경기 홈런포를 터뜨리며 타선을 이끌었고, 수비에서도 호수비를 보이며 실점을 최소화시켰다.

빠른 발을 이용한 주루 플레이와 도루도 일품이었고, 놓칠 것 같은 공도 잡아내는 수비에는 모두가 찬사를 보냈다.

단 한 달.

한 달이었지만 그 한 달 동안 공, 수, 주를 가리지 않고 메이저리그에서도 단연 톱클래스의 실력을 보였다고 해도 과언이 아니었다.

민우는 단 한 달 만에 다저스에서는 없어서는 안 되는 정말 소중한 선수가 되어 있었다.

그리고 다저스는 민우를 필두로 이제 월드 시리즈를 향해 달려갈 일만을 남겨두고 있었다.

*   *   *

길고도 짧은 파티가 끝나고, 선수들은 다음 날 치러질 디백스와의 시즌 마지막 경기를 위해 일찌감치 각자의 숙소로 흩어졌다.

승리의 주역인 민우는 파티를 진행하는 와중에도 기쁨을 나누고자 하는 이들에 의해 이리저리 불려 다녔고, 밤이 깊어서야 클러비인 프로도의 차를 타고 숙소에 돌아올 수 있었다.

털썩.

"후아아~"

날이 날인지라 약간의 술을 마신 민우였다.

그래서인지 그 얼굴에도 약간의 붉은빛이 돌고 있었다.

침대에 누워 천장을 바라보던 민우의 입가에는 아직도 우승의 여운이 가시지 않은 듯, 잔잔한 미소가 피어 있었다.

지이잉—

잠시 그렇게 가만히 휴식을 취하고 있던 민우는 침대 옆에 두었던 스마트폰의 진동이 울리는 것에 가볍게 정신을 차렸다.

그러고는 곧 도착한 메시지의 발신인을 확인하고는 역시나 하는 표정으로 고개를 끄덕였다.

'역시 퍼거슨이네.'

스마트폰에는 퍼거슨이 보낸 메시지 한 통이 도착해 있었다.

—한나 퍼거슨: 강민우 선수. 내셔널리그 서부 지구 우승하게 된 걸 진심으로 축하드려요. 원래는 전화로 전하는 게 맞지만, 혹여나 파티가 끝나지 않았을 것 같아 문자메시지로 남기는 점 양해 바랄게요. 혹시라도 용무가 있으시면 전화주세요. 그럼, 포스트 시즌에서도 좋은 소식 기다릴게요.

'퍼거슨답네.'

간단하면서도 확실하게 축하 인사를 남긴 퍼거슨의 메시지에 민우가 옅게 웃음을 보였다.

그러고는 퍼거슨의 번호를 선택하고 통화 버튼을 눌렀다.

잠시 통화 연결음이 들려온 뒤, 익숙한 목소리가 수화기 너머로 들려왔다.

—예, 한나 퍼거슨입니다.

"퍼거슨. 축하 메시지 고마워요."

—축하할 일인데 당연히 축하를 드려야죠.

"하하. 예. 뭐, 그렇죠? 흠흠."

민우는 퍼거슨의 말에 어색하게 웃어 보이고는 잠시 머뭇거렸다.

그러자 그런 낌새를 눈치챈 퍼거슨이 먼저 말을 이어나갔다.

―그런데 이렇게 직접 전화를 주신 걸 보니, 저한테 무언가 말씀하실 거라도 있으신가 보군요?

퍼거슨의 물음에 민우가 조심스럽게 말을 이어나갔다.

"사실, 지구 우승도 했고 저도 팀에서 어느 정도 자리를 잡았잖아요. 그래서 말인데… 한국에 계신 어머니를 포스트 시즌 기간 동안만 미국으로 모시고 올 수 있을까요?"

말을 이어가던 민우의 목소리는 어느새 조심스럽게 변해 있었다.

그러자 퍼거슨은 과거 민우가 몰래 눈물을 훔쳤던 일을 떠올렸다.

민우의 사정을 모두 알고 있는 퍼거슨이었기에 민우가 자신에게 이런 이야기를 꺼내는 이유를 대충 짐작하고 있었다.

그렇기에 민우의 이야기에 서로가 보이지 않음에도 지금 민우가 어떤 기분일지 어느 정도 상상이 되고 있었다.

곧 퍼거슨은 민우더러 들으라는 듯, 밝은 목소리로 민우가 원하는 답을 해주었다.

―예. 물론 가능해요. 지금 바로 한국 지사에 연락하면 10일 내외로 다 처리가 될 거예요. 그렇게 하면… 디비전 시리즈까

지는 조금 힘들지도 모르겠지만 챔피언십 시리즈부터는 보실 수 있을 거예요.

"아, 정말인가요? 그럼 그렇게라도 처리해 주실 수 있을까요?"

퍼거슨의 대답이 긍정적이어서일까.

민우의 목소리는 한층 밝아져 있었다.

퍼거슨은 그런 민우의 목소리에 가볍게 미소를 지으며 얼굴이 보이지 않음에도 고개를 끄덕였다.

—예. 원하시면 바로 처리해 드릴게요. 어머니 혼자만 계신 걸로 알고 있으니 수행원도 붙여드려서 불편한 점은 하나도 없게 해드릴게요.

"그럼 그렇게 부탁드릴게요. 고마워요, 퍼거슨."

—뭘요. 제가 옛날에 말씀드렸던 것 기억하시죠?

퍼거슨의 물음에 민우가 가볍게 고개를 끄덕였다.

"경기 이외의 일은 모두 퍼거슨에게 맡기면 된다고 했었죠."

—예. 그러니까 앞으로도 어려워하지 마시고 언제든지 편하게 말씀하세요. 데이트 신청만 아니라면 얼마든지 다 들어드릴 테니까요.

퍼거슨의 말에 고개를 끄덕이던 민우는 뒤이어 들려온 장난스러운 목소리에 깜짝 놀란 목소리를 냈다.

"예?"

퍼거슨은 그런 민우의 얼굴이 상상이 된다는 듯, 옅게 웃어 보였다.

─후훗. 농담이에요. 농담. 그럼, 바로 처리하고 진행 사항은 그때 그 메시지로 넣어드릴게요.

"아, 예…….. 그럼 그렇게 알고 기다릴게요."

─예. 그럼, 다음에 또 연락드릴게요. 쉬세요.

뚜뚜뚜─

끼익.

전화가 끊어진 뒤, 의자에 몸을 푹 기댄 퍼거슨이 무언가 아련한 얼굴로 창밖으로 펼쳐진 밤하늘을 바라봤다.

잠시 그렇게 기대어 있던 퍼거슨은 이내 뺨을 가볍게 두들기더니 몸을 일으켜 어딘가로 연락을 하기 시작했다.

통화가 끝난 뒤, 민우는 곧장 포스트 시즌 일정을 체크하기 시작했다.

'디비전 시리즈가 10월 7일부터니까… 확실히 그 안에 처리되는 건 힘들겠지. 거기다 혹여나 디비전 시리즈에서 탈락한다면…….'

딱히 생각할 것도 없었다.

디비전 시리즈에서 브레이브스에게 챔피언십 시리즈행 티켓을 내어준다면 어머니를 미국으로 모시고 오더라도 그 얼굴을 볼 낯이 없었다.

'당연히 질 생각은 없지만… 이렇게 된 이상 더더욱 져선 안 돼. 그렇다면 역시 하나의 틈도 줄 순 없어.'

민우는 지난 두 경기에서 디백스가 자신을 견제했던 일을 되새겼다.

포수가 완전히 나가 앉지 않았지만 고의 사구를 준 것이나 마찬가지였다.

1차전에서는 '투기 발산' 스킬로 영점을 흐트러뜨린 것이 먹혀들어 가서 홈런을 날릴 수 있었고, 오늘 치러진 2차전에서는 상대의 심리를 이용한 도발이 먹혀들어 가면서 결정적인 홈런 한 방을 날릴 수 있었다.

언뜻 보면 해결책이 있는 것 같았지만 민우는 가볍게 고민에 차 있었다.

'고의 사구에도 대처할 무언가가 필요해.'

이제 디백스와의 3차전을 치르면 정규 시즌은 끝이 난다.

디백스는 민우에게 이미 크게 데인 상태였기에 더 이상 고의 사구 같은 방법을 사용할 것 같지 않았다.

하지만 월드 시리즈까지는 아직도 많은 경기가 남아 있었다.

그리고 다저스가 상대해야 할 팀들은 모두 각자 지구 우승을 달성하고, 와일드카드를 차지하는 등 경쟁을 뚫고 올라온 최강 팀들이었다.

'디백스에게 도발을 하는 방법이 먹힌 것은 결국 디백스가 그런 상황을 자초한 것이 없지 않다. 하지만 이미 한 번 이런 상황을 벌여놨으니… 다른 팀들에게도 이렇게 쉽게 먹히리라

는 법은 없어.'

이미 디백스가 고의 사구가 민우에게 결정적인 기회를 주었다는 것을 모든 이가 알고 있었다.

스트라이크존에 던질 수밖에 없는 상황을 만든 것은 바로 디백스였다.

그리고 디백스가 만든 선례를 앞으로 다저스가 포스트 시즌에서 상대해야 할 팀들이 알지 못할 리가 없었다.

'홈런보다 고의 사구가 낫다는 것은 변함이 없으니까. 아무래도 상황에 따라 적절하게 조절을 하겠지. 중요한 상황에서는 고의 사구를 줄 확률이 높고… 주자가 없거나 결정적인 상황이 아닐 때엔 승부를 해주면서 명분을 만들 거야.'

스트라이크존에 넣어만 준다면 얼마든지 때려낼 자신이 있었다.

하지만 볼넷을 준다고, 고의 사구로 내보낸다고 1루에서 가만히 있을 생각은 없었다.

'누상에 나가 있을 때 할 수 있는 건, 역시 도루뿐이야. 투수를 거슬리게 하면서 한 베이스만 훔쳐도 2루타를 때려낸 효과가 있다. 득점권이기도 하고.'

투수가 아무리 멘탈이 높다고 하더라도 결국 누상의 주자를 신경 쓰지 않을 수 없었다.

특히 발 빠른 주자가 2루에 나가 있는 상황이라면 굳이 홈런이 아니더라도 단타 한 방으로 홈까지 노려볼 수 있는 상황이기에 더더욱 그러했다.

'성공률을 높이기 위해선 '대도'에 버금가는 무언가가 필요한데. 마침 타이밍 좋게 포인트도 들어왔고. 느낌이 좋아.'

경기가 끝난 뒤, 지구 우승 세레머니를 하고 라커 룸에서 파티에 인터뷰까지 하느라 제대로 확인하지 못한 보상이 있었다.

[히든 퀘스트—지구 우승. 결과.]

—내셔널리그 서부 지구 우승을 달성하며 팀의 포스트 시즌 진출이 확정됐습니다.

—공, 수, 주를 가리지 않고 맹활약하며 팀이 포스트 시즌에 진출하는 데 혁혁한 공을 세웠습니다.

—2,000포인트가 지급됩니다.

—잔여 경기 수에 따라 특별 보상이 지급됩니다.

—추가적으로 50포인트가 지급됩니다.

—본 퀘스트는 발생 횟수에 제한이 없습니다.

이제야 그 보상을 제대로 확인한 민우의 입가에 살며시 미소가 피어올랐다.

'포인트가 애매해서 뭐가 나와도 하나도 구입하지 못할 것 같아서 걱정했는데… 나이스 타이밍이란 말이지. 지구 우승 보상이라니.'

잠시 기존 포인트를 떠올렸던 민우는 곧장 포인트 상점을 열었다.

'포인트 상점.'

.띠링!

―현재 보유 포인트: 9,930

―포인트 상점을 이용하시겠습니까?

―포인트 상점을 이용하시려면 '상점'을, 포인트 상점을 닫으시려면 '닫기'를 외치십시오.

민우는 보유 포인트를 확인하고는 가볍게 고개를 끄덕거렸다.

'9,930포인트니까, 만일의 부상 대비용 만병통치약을 구입할 포인트는 남겨두고. 가용 포인트는 4,930포인트니까… 운이 좋으면 두 개고, 아니면 하나 구입하겠네. 물론 살 만한 게 있을 때의 얘기지만.'

마이너리그에서 부상에 대한 경각심을 가지게 된 이후, 민우는 단 한 번도 부상 대비용 포인트에는 손을 댄 적이 없었다.

다행스럽게도 그 이후, 메이저리그 승격부터 정규 시즌을 한 경기 남겨둔 지금까지 자잘한 부상조차 당하지 않았다.

하지만 그렇다고 부상 대비용 포인트를 사용할 생각은 전혀 없었다.

'오히려 정규 시즌보다 지금이 더 중요하다. 디비전 시리즈에서 조그마한 부상이라도 당한다면 그대로 끝이야.'

정규 시즌에서야 15일짜리 부상자 명단에 올라간다고 하더라도 빠르게 몸을 추스르고 복귀하면 되는 것이었다.

하지만 포스트 시즌은 단기전의 성격이 짙었다.

자잘한 부상이라도 그 잠깐의 공백이 곧 팀의 성적으로 연결되기 마련이었다.

오히려 정규 시즌보다 부상에 대한 대비가 더더욱 철저해야 했다.

'5,000포인트는 없는 거다. 그렇게 생각하고 부디 쓸 만한 게 있기를 바라야지. 상점!'

띠링!

—포인트 상점을 이용 중입니다.

—일주일마다 상품의 종류, 가격이 변동됩니다.

—구매하실 상품의 이름과 가격, 사용 조건을 확인하세요.

—포인트 상점에서 구매한 상품의 구매 철회는 불가능합니다.

익숙한 상점 설명을 가볍게 넘긴 민우는 빠르게 특성 상점부터 살펴보기 시작했다.

'어차피 누에 나갈 일은 많으니까. 기왕이면 확실하게 투수한테 영향을 주는 무언가가 있었으면 좋겠는데… 흐음…….'

고심하는 표정으로 기존의 특성을 다시 한 번 살펴보던 민우의 눈이 순간 반짝거렸다.

'호오. 이것도 나쁘지는 않은데?'

민우의 눈이 멈춘 곳에는 새로 갱신된 특성 하나가 그 이름대로 존재감을 뽐내고 있었다.

16. 존재감: 누상에 나갈 시, 상대 투수의 모든 능력치가 3%씩 감소한다.—3,300p

누상에 주자가 나가는 것이 투수에게 심리적인 영향을 끼쳐 눈에 보이지 않게 영향을 주는 것이라면 '존재감' 특성은 직접적으로 투수에게 효과를 보이는 특성이었다.

'횟수 제한도 없고 누상에만 나가면 된다는 거니까… 어느 정도 시너지 효과를 일으킬 거야.'

지금까지 민우가 소유한 특성이나 스킬 중에도 이런 효과가 없는 것은 아니었다.

'분위기 메이커'나 '타격의 신'이 그런 종류였다.

하지만 이 특성은 상대 투수에게 효과를 준다는 것, 그리고 그 효과가 민우가 아닌 그 후속 타자에게까지 시너지 효과를 준다는 것에 의의가 있었다.

'이건 상위 타순에 배치되면 더 큰 효과를 볼 수 있는 특성 인데.'

민우의 현재 타순은 5번이었다.

민우가 누상에 나갈 때 효과를 발휘하는 것이었기에 후속 타자가 강타자일수록 시너지 효과가 더 크다고 할 수 있었다.

'3%라는 수치가 조금 애매하다는 것도 단점이라면 단점이 려나.'

투수에 따라 능력치는 천차만별이었기에 3%라는 감소치는 유의미한 수치일 수도, 아닐 수도 있었다.

하지만 모든 능력치가 3%씩 감소하는 것이었기에 한두 개 의 능력치가 감소하는 것과는 또 다른 차이를 보일 수도 있었 다.

'낮더라도 분명 효과는 있을 거다. 일단 킵해두자.'

쇼핑을 하듯 가상의 장바구니에 '존재감' 특성을 담은 민우 의 시선이 바로 다음 특성에서 곧장 멈춰 섰다.

'부스터?'

17. 부스터: 사사구로 출루할 시 주력 능력치(순수 능력치)가 3% 상승하고, 도루에 성공할 때마다 추가적으로 3%씩 상승한 다(최대 3회 중첩 적용, 이닝 종료 시 소멸).─2,500p

앞서 확인했던 '존재감' 특성이 후속 타자들에게 도움을 주는 특성이라면 '부스터' 특성은 출루에 성공한 민우 본인에게 영향을 주는 특성이었다.

더군다나 그 효과 또한 더욱 좋다고 할 수 있었다.

'호오. 중첩 효과라……'

최대 3회 중첩. 9%라는 수치는 낮은 수치가 아니었다.

누상에서 주자에게 지대한 영향을 끼치는 수치는 단연 주루 능력치였고, '부스터' 특성은 그 주루 능력치에 특화된 특성이었다.

최근 두 경기에서 걸어서 1루를 밟은 적이 많았던 민우였고, 앞으로도 그런 경우가 비일비재할 것으로 예상되었기에 가장 유용한 특성이라고 할 수 있었다.

'이 특성으로 누상에서 효과를 본다면… 상대 팀으로서는 날 상대하는 것뿐 아니라 걸어서 내보내는 것조차 경계하게 되겠지. 나쁘지 않아.'

무언가 해결책을 찾은 듯한 기분에 민우의 입가에 가볍게 미소가 지어졌다.

'일단 이것도 킵.'

또 하나의 특성을 가상의 장바구니에 던져 넣은 민우의 시선이 다시금 빠르게 움직이기 시작했다.

특성 상점을 지나 스킬 상점, 그리고 아이템 상점까지.

하지만 초반의 신박한 두 특성을 제외하고는 딱히 쓸 만한 것들이 보이지 않았다.

다시 제자리로 돌아온 민우는 미간을 살며시 찌푸리며 고민에 빠졌다.

가용 포인트는 4,930포인트.

하지만 두 가지 특성을 모두 구입하려면 5,800포인트가 필요했다.

둘 중 하나는 후일을 기약하며 포기해야 되는 상황이었다.

'팀에 시너지 효과를 주는 것이 좋을까… 내가 주력을 높여서 투수를 흔드는 게 좋을까……'

두 특성 모두 장단점이 있었다.

'존재감' 특성은 투수의 모든 능력치를 하락시키지만 3%라는, 어찌 보면 미미한 수치라는 것의 불확실성이 있었고, 후속 타자들 중에서 블레이크를 제외하면 한 방을 날려줄 펀치력이 부족하다는 점이었다.

'부스터' 특성은 주루 능력치가 3%씩, 최대 9%가 상승한다는 점이 추후 홈스틸 기회까지 노려봄직 하지만 그 기회가 흔치 않고, 사사구가 아니라면 그 상승효과가 적용되지 않는다는 점이었다.

사실 현재 민우의 고민거리가 바로 볼넷으로 인한 출루였기에 '부스터' 특성을 선택하는 것이 맞았다.

하지만 팀플레이의 면에서 생각한다면 민우가 누상에 나가 있는 동안 후속 타자 모두가 그 효과를 볼 수 있는 '존재감' 특성을 선택하는 것도 옳았다.

잠시간의 고민을 끝낸 민우가 가볍게 고개를 끄덕였다.

새로 생긴 특성이 없어지는 것은 아니었으니 추후에도 얼마든지 구매할 수 있었다.

그리고 처음부터 원했던 것이 누상에서 능동적인 모습을 보일 수 있는 스킬이나 특성이기도 했다.

'내가 3번 타순이었다면 '존재감' 특성의 효과가 배가 되겠지만, 현재로서는 '부스터' 특성이 더 효과가 클 거야. 더군다나 디백스처럼 심하지는 않더라도 많은 볼넷을 내어줄 테니, 일단은 '부스터' 특성으로 가자.'

민우는 곧장 '부스터' 특성을 구입했다.

―'부스터'를 구매하였습니다.

―2,500포인트가 소모됩니다.

―현재 보유 포인트: 7,430

'닫기.'

―포인트 상점 이용을 마칩니다.

민우의 요구와 함께 눈앞에서 홀로그램처럼 떠다니던 것들이 순식간에 사라지고 텅 빈 숙소가 눈에 들어왔다.

"후우. 어디서 1,000포인트만 뚝 떨어졌음 좋겠네."

가볍게 숨을 내쉬며 아쉬움을 달래던 민우는 곧 침대에 몸을 파묻었다.

*　　　　*　　　　*

토리 감독은 한 시즌 동안 쉼 없이 달려온 주전 선수들을 대거 벤치에 대기시켰고, 그동안 많은 기회를 받지 못했던 선수들을 위주로 라인업을 꾸려 3차전에 임했다.

그리고 그들과 함께 민우도 디백스와의 시즌 마지막 경기를 벤치에서 지켜봤다.

그런 민우의 얼굴에는 약간의 아쉬움이 담겨 있었다.

'테스트는 다음으로 미뤄야겠네.'

경기에 출전하지 못하는 이상, 새로 얻은 '부스터' 특성의 효과를 시험해 볼 기회는 없었다.

따아악!

순간 큼지막한 타격음이 귓가를 울렸고 선수들이 벌떡 일어서며 환호성을 내질렀다.

곧, 타구가 펜스를 크게 넘어가는 모습에 선수들은 팬들과 한마음으로 다시 한 번 격한 환호성을 내질렀다.

"오오오!! 켐프 녀석! 또 날렸어!"

"그동안 칼을 제대로 갈았나 본데!"

선수들 사이에서 민우도 다이아몬드를 천천히 돌고 있는

캠프를 바라보고 있었다.

6번, 좌익수.

오늘 선발 라인업에서 캠프의 위치였다.

"쟤 여자 친구랑 헤어졌다고 했지?"

기븐스가 바로 옆에 있는 존슨에게 가볍게 물음을 건네자, 기븐스가 가볍게 고개를 저었다.

"아니지, 아니지~ 정확하게 말하면 차였다는 게 맞지."

"그런가? 뭐, 아무렴 어때. 아무튼 그 뒤로 애가 완전히 달라졌단 말이지."

"정신 차려야지. 여자도 잃고, 야구도 잃고 싶지 않다면 말이지. 뭐, 지금 하는 것만 보면 완전히 감을 되찾은 것 같은데… 이젠 오히려 우리가 걱정해야겠어."

존슨의 의미심장한 목소리에 기븐스도 가볍게 고개를 끄덕거렸다.

"민우가 한 달 동안 보여준 임팩트가 너무 강하니까 중견수 자리로 돌아갈 것 같지는 않고… 우익수에도 이디어가 굳건히 자리를 지키고 있으니까……."

"펀치력을 살리기 위해서라도 수비 부담이 적은 좌익수가 최적이지. 우리도 로테이션으로 돌리고 있는 마당인데 캠프가 진짜 부활한 거라면……."

"우리 코가 석 자란 얘기지."

말을 주고받으며 기븐스와 존슨의 시선은 자연스레 홈 플레이트를 밟으며 미소를 짓고 있는 켐프에게로 향했다.

민우를 대신해 정말 오랜만에 중견수로 출장한 켐프가 연타석 홈런을 날리며 환골탈태한 모습을 보이고 있다는 점은 다저스로서는 상당히 고무적이었다.

현재 다저스의 중견수는 민우가, 우익수는 이디어가 한 자리씩을 차지하고 제 역할을 보이고 있었다.

하지만 좌익수는 노장 3인방인 기븐스—존슨—포세드닉이 로테이션으로 출전하고 있는 상황이었다.

수비에서는 평균적인 모습을 보이는 세 타자였지만, 최근 홈런볼을 먹고 홈런포를 쏘아 올렸던 기븐스가 그나마 왕년의 펀치력을 잠시 보였을 뿐, 주전 좌익수로는 타격 능력에서 부족한 점들이 있었다.

이런 상황에서 켐프가 지난 시즌의 감각을 되찾았다고 한다면 주전 좌익수를 맡기기에 충분한 상황이었다.

그리고 켐프는 그런 기대에 걸맞은 모습을 보여주고 있었다.

4타석 4타수 3안타(2홈런) 1도루 5타점 3득점.

오늘 하루만큼은 골드 글러브와 실버 슬러거를 탈 적의 모습이라고 해도 과언이 아니었다.

뛰어난 수비 실력과 호쾌한 타격 실력을 보유한 켐프가 주전 좌익수로 라인업에 합류한다면 앞으로 치러질 디비전 시리즈에서 큰 힘이 될 것이 분명했다.

민우 역시 기븐스와 존슨의 생각과 그리 다르지 않았다.

'처음 봤을 때랑 다르게 최근 들어 훈련에서도 거의 배트 중심에 제대로 맞고 있어. 포스트 시즌이 단기전인 만큼 토리 감독님이 승부수를 던질 수도 있어. 원래의 자리가 아닌 좌익수 자리라는 변수가 있지만, 켐프로서는 거부할 이유가 없을 거야.'

오늘 경기에서 켐프가 중견수가 아닌 좌익수로 출전한 것에도 토리의 의도가 담겨 있으리라 추측됐다.

선수들과 하나하나 하이파이브를 나누던 켐프는 곧 민우의 앞까지 다가왔다.

민우가 손을 들어 보이자 그 손을 맞부딪힌 켐프가 그 곁을 지나며 굳은 의지가 담긴 눈빛을 보냈다.

"네가 차지하고 있는 그 자리의 주인이 나라는 걸 잊지 마라."

켐프의 도발에 민우 역시 지지 않겠다는 듯, 입꼬리를 말아 올리며 눈을 빛냈다.

"뺏을 수 있다면 얼마든지 뺏어가라고."

"흥!"

켐프는 현실을 인정하면서도 한편으론 분하다는 듯, 거칠게 콧바람을 내뿜으며 민우에게서 멀어져 갔다.

멀리서 그 모습을 바라보던 토리 감독은 만족스러운 표정을 지은 채, 천천히 그라운드로 시선을 돌렸다.

예상과 달리 민우가 출전하지 않아서일까.

숨은 복병인 켐프를 만나서일까.

디백스는 태풍을 만난 배처럼 표류했고, 다저스에게 10 대 1의 대패를 당하며 완전히 무너지고 말았다.

다저스는 디백스와의 3연전을 전승으로 스윕을 달성하며 정규 시즌의 유종의 미를 거두며 다저스타디움을 찾은 팬들을 다시 한 번 기쁘게 만들었다.

정규 시즌 일정을 모두 끝낸 다저스는 선수들에게 하루의 휴식을 부여했고, 이후 디비전 시리즈를 대비한 훈련에 돌입했다.

*   *   *

─안녕하십니까. 지금부터 LA다저스와 애틀랜타 브레이브스, 브레이브스와 다저스의 내셔널리그 디비전 시리즈 1차전 경기 함께하시겠습니다.

─앞서 올 시즌 치러졌던 8경기에서의 전적을 살펴보면 다저스가 3승 5패로 브레이브스에 조금은 열세인 모습을 보이고 있는데요. 사실 경기 내용을 살펴보면 압도적인 경기도 있었지만 1점 차의 아슬아슬한 승리도 있었기 때문에 엄청나게 열세라고는 볼 수 없죠?

―예. 그리고 오늘 경기는 양 팀의 1선발, 에이스 투수가 맞붙게 되는 경기인데요. 다저스는 앞으로의 10년을 책임질 선수죠? 커쇼 선수가 오늘 선발투수로 나서게 되었고요. 브레이브스는 메이저리그에서만 벌써 14시즌째를 보내며 굳건히 자신의 자리를 지키고 있는 데릭 로우를 선발투수로 내세웠습니다.

―올 시즌 커쇼 선수는 6월에 브레이브스를 상대했었는데요. 6.2이닝 동안 삼진을 8개나 잡았지만 볼넷을 5개나 내어주면서 5피안타 4실점, 3자책점을 기록했었습니다. 위력적인 모습과는 조금 거리가 멀었죠?

―예. 반면에 로우 선수는 8월에 다저스를 상대로 선발투수로 나섰었는데요. 6이닝 동안 무려 10개의 안타를 맞았음에도 단 1실점 만을 기록했는데요. 그럼에도 패배를 기록했다는 것은 운이 없었다고 해야겠네요.

―후후. 하지만 중요한 건 그 모든 경기들이 9월 이전 경기라는 점이거든요.

―그렇습니다. 사실 다저스가 완전히 반전의 모습을 보여준 것도 9월부터니까요. 9월 이후, 브레이브스와 단 한 번도 만나지 않았기도 하고 말이죠.

―과연 양 팀 중 어느 팀의 창이 더 날카로울지, 어떤 팀의 방패가 더 단단할지 함께 확인해 보시기 바랍니다. 내셔널리그 디비전 시리즈 1차전이 치러지는 이곳은 LA다저스의 홈구

장, 다저스타디움입니다.

　다저스타디움은 마치 민우의 신기록 행진이 이어질 때처럼 단 한 자리도 빈 곳 없이 푸른 물결로 가득 채워져 있었다.

　9월 이전까지만 하더라도 거의 포기하고 있던 포스트 시즌 무대였다.

　하지만 9월 이후, 다저스는 민우의 등장과 함께 반등의 반등을 거듭했고, 기적처럼 지구 우승이라는 업적을 달성했다.

　그래서인지 경기장을 찾은 팬들의 얼굴에는 감동과 환희, 흥분 등의 감정이 그대로 드러나고 있었다.

　"카렌. 우리가 진짜 디비전 시리즈를 치루는 거 맞지?"

　질문을 건네는 검은 피부의 청년은 큼지막한 눈망울을 글썽거리며 감동에 찬 표정을 짓고 있었다.

　그런 청년의 모습에 바로 옆에 있던 또래의 금발 여성이 피식 웃으며 그 어깨를 토닥거렸다.

　"그래. 맞아~ 그러니까 우리가 집이 아닌 이곳에서 맥주를 마시고 있는 거잖… 앗! 강민우다! 꺄아악! 강!! 여기 좀 봐줘요!"

　카렌의 관심이 순식간에 자신에게서 민우에게로 돌아가자, 흑인 청년이 뾰루퉁한 표정을 지어 보이더니 질 수 없다는 듯 격하게 소리를 지르기 시작했다.

　"우아아악!! 강!! 가아아아앙!!!"

그 모습이 너무나도 익살스러워 주변에 있던 사람들을 포복절도하게 만들었다.

하지만 바로 옆에 있던 카렌은 그런 청년의 모습에 질린 표정을 짓고 있었다.

"와… 이거 누가 이름이 부부 아니랄까 봐. 부부젤라니?"

"오오!! 강이 나한테 따봉 날렸어! 봤어?"

"뭐?"

부부의 이야기에 카렌이 급히 고개를 돌렸지만, 민우의 등밖에 보이지 않고 있었다.

열정적인 응원을 보내는 팬에게 엄지손가락을 세워 보인 민우는 몸을 돌려 내야를 바라보고 있었다.

관중석을 가득 메운 관중들에게 느껴지는 뜨거운 열기에 가슴이 두근거리고 있었다.

'분명 같은 공간에서 열리는 경기인데도… 그 느낌이 다르다.'

과거, 마이너리그 하이 싱글A에서 식스티 식서스의 전반기 우승을 이끌었고, 더블A에서도 채터누가를 후반기 우승의 코앞까지 이끌었었다.

하지만 두 번 모두 플레이오프에 임하기도 전에 팀을 떠나야 했기에 그런 경험이 전무한 상태였다.

그리고 더 이상 올라갈 곳이 없는 메이저리그에서 이제야 포스트 시즌을 경험하게 된 것이었다.

'이제야 올라왔으니까, 끝까지 가야지!'

민우는 깊게 심호흡을 하고는 주먹으로 글러브를 강하게 두들겼다.

팡팡!

"가자!"

민우의 외침과 함께 디비전 시리즈 첫 번째 경기가 시작되었다.

브레이브스의 1번 타자는 올 시즌, 팀 내 최고인 0.321의 타율을 기록하며 브레이브스의 선봉장에 선 타자, 인판테였다.

인판테는 커쇼의 공을 최대한 많이 보겠다는 듯, 쉬이 배트를 내밀지 않고 있었다.

하지만 커쇼는 그런 것을 신경 쓰지 않는다는 듯, 순식간에 2개의 스트라이크를 잡아버렸다.

볼카운트가 몰리자 인판테가 커쇼의 페이스를 흔들겠다는 듯 급히 타임을 요청하며 발을 뺐다.

잠시 중지되었던 경기가 재개되자 커쇼는 틈을 주지 않고 곧장 특유의 역동적인 폼으로 공을 뿌렸다.

슈우우욱!

크게 떠올랐던 공이 홈 플레이트 바로 앞에서 폭포처럼 떨어져 내렸다.

'흥!'

하지만 인판테는 떨어지는 공에 대비하고 있었다는 듯, 허리를 빼면서 손목의 힘만으로 타구를 건드렸다.

따악!

거친 타격음과 함께 낮게 쏘아진 타구는 라인드라이브의 궤적을 그리며 금방이라도 그라운드에 떨어져 내릴 것만 같았다.

하지만 다저스의 센터 필드는 그리 호락호락하지 않았다.

타다다닷!

타구가 쏘아짐과 동시에 민우는 붉은빛의 화살표를 따라 잽싸게 스타트를 끊은 상태였다.

민우가 달려 내려오는 모습에 내야에서 올라오던 야수들이 민우의 진로를 피하며 혹시 흘러나올 공을 대비하고 있었다.

곧 낙구 지점이 표시된 붉은 반원에 이른 민우가 그라운드를 박차고 몸을 날렸다.

촤아아악!

팍!

정확한 타이밍에 민우의 글러브로 빨려 들어가며 사라져 버렸다.

—워우!! 엄청난 호수비가 나왔습니다! 낙구 지점을 확인한 강민우 선수가 쏜살같이 달려 내려와 몸을 날리며 어려운 타

구를 잡아냈습니다! 브레이브스의 안타를 지워 버리는 멋진 수비! 정말 일품이네요!

―이제 겨우 첫 타자인데요. 1회부터 이런 수비라니, 오늘 경기 정말 기대가 됩니다!

눈 깜짝할 사이에 달려 내려오더니 먹이를 노리는 매처럼 매서운 몸놀림으로 공을 낚아채는 모습은 다저스 팬들의 환호성을 이끌어내기에 충분했다.

"우와아아아아!!!"

"역시 강민우!!"

"브레이브스 녀석들아! 이게 다저스의 힘이다!"

그라운드에 엎드려 있던 민우가 가볍게 일어나며 바로 옆까지 다가온 캐롤에게 공을 토스하며 커쇼를 바라봤다.

커쇼는 민우와 시선이 마주치자 씨익 웃어 보였고, 민우 역시 마주 웃어 보이며 가슴을 두드려 보였다.

'나만 믿으라고!'

민우의 제스처에 힘을 얻은 듯, 커쇼의 투구는 거침이 없었다.

슈우욱!

팡!

"스트라이크 아웃!"

"크."

"스트라이크 아웃!"

"하아."

2번 타자인 헤이워드에 이어 3번 타자인 데릭 리까지.

올 시즌 37개의 홈런을 합작한 두 타자를 공 7개로 연속삼진을 뽑아내는 커쇼의 투구는 가히 압도적이었다.

호수비에 이은 완벽한 투구로 브레이브스의 1회를 잠재우는 모습은 벌써부터 다저스의 팬들을 흥분하게 만들고 있다.

"캬~ 1회부터 삼진만 2개야!"

"민우의 수비도 죽여줬지."

"브레이브스 녀석들. 오늘은 겁쟁이(Coward)가 되겠는데? 푸하하!"

하지만 그런 다저스 팬들의 웃음기 섞인 목소리는 곧 사그라들고 말았다.

슈우욱!

1번 타자인 캐롤이 몸 쪽으로 급격히 휘어져 들어오는 공에 배트를 내밀었다.

딱!

하지만 예상보다 더 크게 휘어진 공은 스위트 스폿을 한참 벗어난 부근에 부딪혔고, 투수 앞으로 힘없이 굴러간 공은 곧 1루수에게로 전달됐다.

"아웃!"

딱!

뒤이어 오늘 2번 타자로 나서게 된 이디어가 초구를 건드렸지만 힘없이 바운드된 타구는 3루수 인판테의 글러브로 빨려 들어가고 말았다.

가볍게 공을 확인하는 여유까지 보인 인판테가 1루로 공을 뿌렸고, 1루심이 가볍게 주먹을 들어 올리며 판정을 내렸다.

아웃!

브레이브스의 선발투수로 마운드에 오른 로우가 다저스의 테이블 세터진을 공 4개 만에 가볍게 돌려세우며 자신의 존재감을 알리고 있었다.

그 모습에 팬들은 하필이면 왜 오늘이냐는 듯한 원망스러운 눈빛으로 마운드를 바라봤다.

"저 아저씨 오늘 왜 저래? 약이라도 빨았나?"

"오늘은 공이 제대로 긁히나 본데?"

"이제 겨우 1회인데 뭘. 그래 봐야 6회까지 던지고 내려가겠지."

"모르는 소리지. 로우 별명이 뭐냐. 빅게임 피쳐야. 다 이유가 있는 거지."

"흐으음."

팬들의 시선은 곧 오늘 경기에서 3번 타자로 나선 블레이크에게로 돌아갔다.

민우는 더그아웃의 난간에 기댄 채, 로우의 스카우팅 리포트를 떠올리며 그 투구를 하나하나 지켜보고 있었다.

'큰 경기에 강하다는 게 뭔지 보여주겠다는 건가.'

데릭 로우는 싱커를 주무기로 하여 메이저리그를 대표하는 땅볼 투수로 자리매김하고 있었다.

하지만 지난 시즌부터 노쇠화와 더불어 구속이 저하되고, 구속 저하로 인해 싱커의 무브먼트가 무뎌져 피안타 개수가 급증하고 있었다.

그리고 이 영향으로 선발투수의 기준인 6이닝을 채우지 못하고 마운드를 내려가는 경우가 수없이 많을 정도로 불안한 모습을 보였다.

하지만 이런 상황에서도 연륜을 무시할 수는 없는지 꾸역꾸역 승수를 쌓아 올 시즌엔 16승을 쌓는 기록을 세우기도 한 투수였다.

그리고 이런 로우의 특징 중 하나가 큰 경기에 강하다는 것이었다.

구속은 90마일이 채 나오지 않을 정도로 평범하디 평범한 수준이었다.

슈우욱!

팡!

"스트라이크!"

하지만 그 무브먼트는 확실히 뛰어나 보였고, 존을 빠져나갈 듯하면서도 구석을 찌르는 모습에선 가볍게 탄성이 나왔다.

더군다나 다저스 선수들의 배트 스피드가 아주 조금씩 늦는 듯한 느낌도 없지 않았다.

오랜만에 겪은 3일이라는 휴식이 노장 선수들의 몸을 무겁게 하고 있는 듯했다.

'확실히 훈련이랑 실전은 다르니까. 초반에는 감을 찾느라고 고생 좀 할지도 모르겠는걸.'

약간의 걱정이 되었지만 민우는 곧 가볍게 고개를 저었다.

누가 뭐라고 해도 이제 갓 메이저리그에 발을 들여놓은 자신보다 경험이나 연륜으로 따져 봐도 비교조차 할 수 없는 이들이었다.

'내 몸이나 잘 간수해야지.'

따악!

상념을 깨뜨리는 큼지막한 타격음에 민우는 본능적으로 몸을 벌떡 일으켰다.

블레이크의 타구는 좌측 펜스를 향해 큼지막한 포물선을 그리며 날아가고 있었다.

―2구! 몸 쪽 공! 잡아당겼습니다! 왼쪽!! 날아갑니다!! 좌익수가 쫓아갑니다!

하늘 높이 떠올랐던 타구는 점점 힘을 잃어갔고, 곧 빠른 속도로 떨어져 내리기 시작했다.

그리고 그 타구를 쫓아 달리던 좌익수 디아즈가 점점 속도를 줄이는 모습이 보였다.

외야의 관중들이 모두 일어선 채, 손을 뻗었지만 타구는 야속하게도 펜스의 바로 앞에서 디아즈의 글러브로 빨려 들어가고 말았다.

─워닝 트랙!! 펜스~ 앞에서! 잡았습니다!

─아~ 큰 타구였는데요~ 거의 홈런이었는데. 정말 아쉽네요.

타구를 바로 앞에서 놓친 팬들은 양손을 부딪치며 아쉬움을 드러내고 있었다.

그렇게 아쉬운 장면 하나를 남겨둔 채, 3개의 아웃 카운트가 모두 채워지며 양 팀의 1회가 모두 끝이 났다.

2회 초가 되자, 커쇼는 완전히 몸이 풀렸다는 듯 더욱 위력적인 구위를 뿜내기 시작했다.

슈우욱!

팡!

"스트라이크 아웃!"

"스트라이크 아웃!"
"스트라이크 아웃!"

―와~ 커쇼 선수. 정말 대단하네요. 앞선 이닝부터 다섯 타자 연속 삼진입니다.

―마치 이날만을 기다렸다는 듯, 너무나도 압도적인 구위를 보여주며 브레이브스의 중심 타선을 침묵시킵니다.

경기 초반부터 삼진 퍼레이드를 보이는 커쇼의 압도적인 모습은 다저스타디움을 가득 메운 다저스 팬들의 가슴에 불을 지피고 있었다.

그리고 팬들은 커쇼를 도와 타선이 폭발해 주기를 바라고 있었다.

하지만 로우 역시 공이 제대로 긁히는 날이라는 듯, 4번 타자인 로니를 중견수 플라이로 가볍게 돌려세우며 아웃 카운트를 차곡차곡 채워가고 있었다.

대기 타석에서 그 모습을 바라보고 있던 민우가 배트링을 빼내고 가볍게 배트를 두어 번 휘둘러보았다.

몸은 평소와 같이 가볍고, 불편한 부분도 없었다.

"후우, 가보자."

가볍게 몸 상태를 체크한 민우가 고개를 끄덕이며 타석을 향해 걸어갔다.

극강의 땅볼 유도형 투수, 로우와 9월 한 달간, 메이저리그 최고의 장타율을 보인 타자, 민우의 첫 맞대결에 팬들은 가슴이 두근거리는 것을 느끼고 있었다.

"뭐, 안 봐도 뻔하지 않겠어? 로우가 아무리 왕년에 쩔었어도, 이제 한물갔잖아."

"아니라니까. 원래 로우 같은 투수들이 이럴 때 꼭 일을 낸다니까?"

"야야, 시끄러. 뭐 그렇게 말이 많아. 시작한다."

시끄럽게 서로의 주장을 피력하던 이들은 시작한다는 이야기에 입을 꼭 다문 채 기대에 찬 시선으로 그라운드를 바라보기 시작했다.

브레이브스의 포수, 맥캔은 배터 박스를 발로 다지며 자리를 잡는 민우를 껄끄럽다는 듯한 시선으로 바라보고 있었다.

'타격이면 타격, 주루면 주루. 뭐 하나 빠지는 게 없어. 더군다나 로우는 최고 구속이 90마일이니까. 홈런을 맞아도 문제지만, 단타 하나만 맞아도 문제야.'

한 번도 상대해 보지 않았지만, 구단에서 제공하는 스카우팅 리포트 등의 자료로 그 성적은 충분히 확인한 상태였다.

더군다나 민우가 세운 기록 또한 한두 개가 아니었기에 민우와 관련된 경기 영상도 질리도록 본 상태였다.

그리고 그 결과 맥캔이 내린 결과는 하나였다.

'정면 승부는 절대로 안 돼. 특히 로우의 구속으로는 더더욱.'

민우의 타율이 말해주듯, 존 안쪽으로 들어오는 공은 2개 중 하나는 안타로 이어졌다.

더군다나 맥캔은 포수로서 중대한 약점이 있었다.

소녀 어깨.

어깨가 약한 맥캔에게 붙은 별명이었다.

이런 맥캔에게 민우의 빠른 발은 너무나도 상극인 속성이었다.

'오늘 로우의 구위가 꽤 괜찮으니까 바깥쪽 구석을 찌르는 투구로 가져가야겠어.'

팡팡!

미트를 가볍게 두드린 맥캔이 다리 사이로 손을 넣고 빠르게 사인을 보내기 시작했다.

곧 로우의 고개가 가볍게 끄덕여지며 양쪽의 준비가 끝이 났다.

3루 쪽으로 몸을 튼 로우가 글러브를 얼굴 앞으로 들어 올렸다.

곧 키킹과 함께 허리를 살짝 숙이는 특유의 동작을 보인 로우가 스트라이드를 내디디며 강하게 공을 뿌렸다.

슈우욱!

로우의 손을 떠난 공이 스트라이크존의 한 가운데로 거의 일직선으로 날아오는 듯 보였다.

하지만 홈 플레이트에 가까워질수록 급격히 휘어지며 떨어지기 시작했고, 곧 스트라이크존의 바깥으로 나가 버렸다.

팡!

"볼!"

포수의 미트에 꽂히는 공을 보며 민우는 가볍게 발을 풀었다.

'확실히 구위가 좋네. 구속이 조금만 빨랐다면 제대로 먹혔겠지만, 89마일. 아마 타순이 한 바퀴 정도 돌면 탈탈 털리겠지.'

민우는 현재의 로우의 구위는 롱릴리프 그 이상도 아니라는 생각이 들었다.

'안타를 많이 맞는다는 게 그 증거지. 하지만 그래도 16승은 쉬운 게 아니야. 위기 때마다 괴력을 발휘한다고 봐야 하려나.'

짧은 생각을 끝낸 민우가 다시 배터 박스에 들어서 자리를 잡았다.

2구째에 기습적으로 체인지업으로 스트라이크를 잡은 맥캔은 민우와 정면 승부를 할 생각이 없다는 듯, 이후 3구와 4구를 내리 흘러나가는 싱커를 던졌다.

하지만 민우는 단 한 번도 배트를 내밀지 않으며 쉽게 말려들지 않고 있었다.

볼카운트 3볼 1스트라이크 상황.

민우의 머리가 다시금 빠르게 돌아가기 시작했다.

'내 다음은 켐프. 시즌 마지막 경기에서 홈런 2개를 몰아치며 시위를 했으니, 이들이 모를 리가 없을 테지만… 나보단 켐프가 낫겠지.'

이미 기습적으로 꽂아 넣은 공을 제외하면 정면 승부를 할 생각이 없어 보이는 상대 배터리였다.

하지만 혹시나라는 것이 있었기에 민우는 언제든지 배트를 내밀 수 있도록 만반의 준비를 한 채, 다음 공을 맞이했다.

슈우우욱!

로우의 손을 떠난 공이 몸 쪽으로 바짝 붙어 날아오고 있었다.

'어?'

민우는 순간 놀란 듯한 표정을 지었지만, 이내 공을 피하지 않고 몸을 살짝 비틀어 보였다.

팡!

허벅지 부분을 무언가 스쳐 지나가는 느낌과 함께 포수의 미트에 공이 꽂히는 소리가 들려왔다.

민우는 곧장 두 눈을 크게 뜬 채 주심을 바라보며 허벅지를 가리켰다.

주심은 그 모습에 곧장 자신의 다리를 두드리더니 손가락으로 1루를 가리켰다.

민우는 그제야 장구를 풀어 1루로 향하며 입꼬리를 말아 올렸다.

'어차피 안 맞아도 볼넷이었지만… 스친 것도 맞은 건 맞은 거니까. 기왕이면 확실하게 가야지.'

그렇게 1루 베이스를 밟은 민우의 시야에 하나의 메시지가 떠올랐다.

띠링!
[데드볼로 인해 '부스터' 특성의 효과가 발동됩니다.]
[일시적으로 주력이 3% 상승합니다.]

민우는 곧장 자신의 능력치를 확인해 보고는 고개를 갸웃 거렸다.

'드디어 경험해 보네. 3%면 지금 주력이… 템 빼고 80이니까, 2.4? 2만 오른 거 보니 반올림인 건가? 아니면 있는데 안 보이는 건가?'

현재 버프와 아이템 효과를 제외한 민우의 주력 순수 능력 치는 80이었다.

여기에 아이템과 버프 효과 등이 더해져 8이 상승해 있었 는데 '부스터' 특성이 발휘된 뒤, 그 수치가 10으로 변해 있었 다.

'뭐, 2루까지 가면 3% 더 올라갈 테니… 후후. 소녀 어깨,

한 번 경험해 볼까.'

민우는 맥캔을 바라보며 의미심장한 미소를 지어 보인 뒤, 리드 폭을 12피트(3.6미터)까지 벌렸다.

그러고는 로우의 움직임을 예의 주시하기 시작했다.

타석에는 어느새 6번 타자인 켐프가 들어서며 존재감을 드러내고 있었지만, 맥캔은 민우에게 정신이 분산되고 있었다.

아슬아슬해 보이면서도 자신감이 넘치는 표정이 그의 신경을 건드리고 있는 것이었다.

'저 자식, 100% 뛸 거야. 문제는… 언제 뛰느냐인데.'

맥캔은 사인을 보내듯 로우에게 무언의 신호를 보냈고, 로우는 고개를 끄덕이며 투구 준비를 마쳤다.

슈우욱!

촤아악!

팡!

기습적인 견제구에 민우가 몸을 날리며 가볍게 흙먼지가 일어났다.

하지만 맥캔의 기대와 달리 민우의 손이 1루 베이스에 먼저 닿아 있었다.

'어휴. 쉽게는 안 보내준다 이거지.'

공이 투수에게로 돌아가는 것을 확인한 민우가 앞섶을 탁탁 털고는 다시금 리드 폭을 벌려갔다.

하지만 이번에는 리드 폭이 11피트(3.3미터)로 줄어들어 있었다.

그리고 그 미묘한 차이가 맥캔의 마음에 그도 모르는 빈틈을 만들고 있었다.

이후, 세 번의 견제구가 더 날아오며 민우의 앞섶은 흙색으로 물들어갔다.

하지만 민우는 절대로 잡히지 않겠다는 듯, 점점 더 빠른 몸놀림으로 1루를 터치하고 있었고, 한 박자씩 늦는 견제구는 별 의미 없이 투수에게 되돌아가고 있었다.

네 번째 견제구가 뿌려지자, 다저스타디움에는 관중들의 야유가 쏟아지기 시작했다.

"우우우우!"

"거긴 홈이 아니라고!"

"네 상대는 저기 있잖아!"

"앞으로 던져라!"

다저스의 홈인 만큼 충분히 있을 법한 견제구에도 예민한 반응이 쏟아져 나오고 있었다.

다시금 공을 받아 든 로우가 어깨를 가볍게 돌리며 홈으로 시선을 돌렸다.

맥캔은 그런 로우에게 빠르게 사인을 보내며 미트를 펼쳐 보였다.

'분명히 뭘 거야.'

스스로의 어깨가 약하다는 것은 맥캔 그 자신이 제일 잘 알고 있었다.

하지만 그렇다고 완전히 허당은 아니었다.

잡을 때는 잡을 줄도 알았다.

곧, 마운드 위에 있던 로우가 세트 포지션에서 힘차게 공을 뿌렸다.

슈우욱!

타다다닷!

동시에 민우가 2루를 향해 스퍼트를 끊는 모습이 보였다.

─타석에는 6번 타자 켐프입니다! 초구. 크게 빠지는 볼! 주자 뛰었습니다!

그런데 그 속도가 맥캔의 예상보다 더욱 빠르고 매서웠다.

'칫!'

맥캔은 곧장 무릎을 펴고 일어서며 미트를 들었고, 곧 스트라이크존의 바깥으로 휘어지던 공이 그대로 꽂혀 들어갔다.

맥캔은 곧장 몸을 틀며 미트에서 공을 뽑아 들었고, 뒤로 당겼던 팔을 전력으로 휘둘렀다.

슈우우욱!

하지만 포수의 손에서 공이 쏘아졌을 때, 민우의 위치는 이미 2루를 세 걸음 정도 남겨뒀을 정도로 매섭고도 빠른 모습이었다.

좌아아아악!

헤드 퍼스트 슬라이딩으로 2루 베이스를 붙잡고 섰고, 약간의 시간차를 두고 그 머리에 유격수의 글러브가 와 닿았다.

곧, 민우가 시야를 가리던 헬멧을 들어 올리며 2루심을 바라봤다.

2루심은 고민할 것도 없다는 듯, 가볍게 양팔을 벌려 보이며 세이프를 선언하고 있었다.

'됐어!'

민우는 주심의 판정에 박수를 치며 기쁨을 표했고, 그 모습에 관중들이 가볍게 환호성을 지르며 박수를 쳤다.

—2루에 갑니다! 자! 2루에서! 2루에서!! 이미 들어갔네요~ 포스트 시즌 첫 경기부터 깔끔하게 도루를 성공시키는 강민우 선수!

—연속 4개의 견제구에도 꿋꿋이 1루를 지키던 강민우 선수였는데요. 브레이브스의 배터리도 강민우 선수가 뛸 것이라고 예상한 듯, 공을 하나 뺐거든요. 그런데도 강민우 선수가 2루를 여유 있게 훔쳤다는 것이 참 고무적이네요.

—참 빠르네요. 다른 선수들보다 거의 한두 걸음은 더 빠른 속도로 2루를 점령했습니다. 이제 주자는 득점권에 나갑니다.

띠링!

[도루 성공으로 인해 '부스터' 특성의 효과가 강화됩니다.]

[일시적으로 주력이 6% 상승합니다.]

민우는 눈앞에 떠오르는 메시지에 회심의 미소를 지었다.

경기가 재개되기 전, 빠르게 주루 능력치를 확인해 보니 8에서 10으로 바뀌었던 추가 능력치 부분이 지금은 13으로 바뀌어 있었다.

'이렇게 되면… 반올림으로 표시되는 게 맞는 거네. 뭐, 나쁠 건 없다. 후후.'

현재 순수 능력치와 상승치를 합치면 93이라는 어마어마한 수치가 나왔다.

민우는 제자리에서 가볍게 뛰어 보이며 발을 풀고는 천천히 리드 폭을 벌리며 맥캔을 바라봤다.

'소녀 어깨라더니, 확실히 어깨가 무디긴 하네. 능력치도 올라갔겠다. 3루도 훔쳐볼까?'

민우의 속마음을 모르는 맥캔은 회심의 도루 저지가 실패한 것에 입맛을 다시며 아쉬운 표정을 지어 보이고 있었다.

'완전히 뺐는데도 스타트가 워낙 좋았다. 이건 누가 와도 못 잡았어.'

맥캔은 스스로를 자책하기보단 다음번에는 꼭 잡겠다는 의지를 되새기며 자신의 자리에 다시금 쭈그려 앉았다.

"켐프! 안타 한 방 부탁한다!"

"정규 시즌에서 아껴둔 힘을 여기서 다 쏟아내라고!"

"여기서 한 방 때려야 진정한 켐브이피 아니겠냐!"

정말 오랜만에 듣는 것만 같은 팬들의 응원에 켐프의 의지는 더욱 굳건해져 갔다.

'저 녀석이 마음에 드는 건 아니지만……'

켐프는 여자 친구와의 결별 이후, 자신의 지난날을 돌아보며 깊은 후회를 하고 있었다.

자신의 전부였던 야구를 뒤로한 채, 여자 친구에게 거의 휘둘리다시피 하는 바람에 시즌을 완전히 말아먹고 말았다.

하지만 자신의 성적이 떨어질수록, 팬들의 비난이 거세질수록 여자 친구와의 거리도 점점 멀어져만 갔다.

뒤늦게야 여자 친구가 자신을 진정으로 사랑한 것이 아니었다는 것을 깨닫고 정신을 차렸지만, 이미 몸은 퍼져 있었고, 타격 매커니즘도 티가 나지 않았지만 엉망이 되어버린 상태였다.

후회는 잠시였지만, 곧 정신을 차린 뒤, 밤낮을 가리지 않고 훈련에 매진했고, 재능을 속일 수는 없다는 듯 빠른 속도로 제 모습을 찾아가고 있었다.

그런 켐프의 변화하는 모습에 토리 감독도 다시금 그에게 시선을 주었고, 선발 좌익수 출장이라는 마지막 아닌 마지막 기회를 주었다.

캠프는 그 믿음에 큼지막한 홈런 두 방을 날리며 부응했고, 그 결과 곧장 디비전 시리즈 1차전부터 선발 좌익수로 출장할 수 있게 되었다.

그리고 캠프의 궁극적인 목표는 좌익수가 아닌, 자신의 원래 자리인 중견수 포지션이었다.

그리고 그러기 위해서는 지금부터 팀에 자신의 존재감을 퍼뜨릴 필요가 있었다.

지금이 바로 그 첫걸음을 뗄 때였다.

아이러니하게도 앞서 나간 민우가 밑밥을 제대로 깔아주고 있었다.

1루에선 2루타를 쳐도 애매하지만 2루에선 안타 하나로도 들어올 확률이 높아진다.

민우가 홈으로 쇄도한다면 결국 자신의 타점이 늘어나는 것이기도 했다.

'내 할 일은 해야겠지.'

로우가 글러브를 끌어 올리는 모습에 캠프도 몸을 가볍게 숙이며 준비를 마쳤다.

그리고 로우가 세트 포지션에서 공을 뿌리는 순간.

타다다닷!

2루 베이스에서 슬금슬금 리드 폭을 벌리던 민우가 쏜살같이 스퍼트를 끊는 모습이 보였다.

―몸 쪽 낮은 코스! 주자 다시 3루로! 3루! 3루에서!!

이번 공은 몸 쪽 구석을 찌르는 공이었기에 포수인 맥캔이 빠르게 송구 자세를 취하기에 약간 불편한 위치였다.

그럼에도 맥캔은 포기하지 않고, 최선을 다해 3루를 향해 공을 뿌렸다.

하지만 공이 뿌려질 때, 몸을 날리며 뻗은 민우의 발이 3루를 3미터도 채 남겨두지 않은 위치를 지나고 있었다.

귓가를 날카롭게 스치는 바람 소리가 민우가 얼마나 빠르게 달리고 있는 지를 알려주고 있었다.

순식간에 코앞으로 다가오는 3루 베이스를 향해 민우가 거침없이 몸을 던졌다.

촤아아악!

민우는 발로 3루 베이스를 딛고 탄력을 이용해 중심을 잡았고, 그제야 3루수의 글러브가 민우를 향했다.

툭.

의미 없는 태그가 이루어졌고, 모두의 시선은 3루심에게로 향했다.

3루심은 한 치의 망설임도 없이 곧장 양팔을 벌렸다.

"세이프!"

3루심의 선언과 함께 다저스타디움에는 다시 한 번 환호성이 울려 퍼지고 있었다.

"우오오!!"

"연속 도루야!!"

"신속(Quick)의 강민우가 나타났다!"

　

―오~ 세이프! 세이프입니다! 마지막에 속도를 약간 줄였
는데도 거의 0.5초 이상 빠르게 베이스를 선점하는 강민우 선
수!

―하~ 정말 빠르네요! 너무나도 빨랐습니다. 이거, 포수인
맥캔으로서는 자존심이 꽤나 상하겠어요.

　

유니폼의 엉덩이 부분을 툭툭 털던 민우는 시야에 떠오른
또 하나의 메시지에 의미심장한 미소를 지어 보였다.

　

띠링!

[도루 성공으로 인해 '부스터' 특성의 효과가 강화됩니다.]

[일시적으로 주력이 9% 상승합니다.]

　

'주루 능력치가 95. 경계심이 심해서 홈까지는 무리라는 게
아쉽지만… 얕은 플라이만 나와도 홈까지는 문제가 없어졌
어.'

3%라는 수치는 단순히 봤을 때는 그리 크게 느껴지지 않

았지만 실제로 느끼고 또 누적이 되니 상상 그 이상의 효과를 보여주고 있었다.

'이 정도라면 웬만큼 도루를 저지한다는 포수들한테도 잡히지 않을 자신이 생기는데. 이건 진짜 대박 특성이야.'

시선을 돌리니 연속으로 도루를 허용한 맥캔이 고개를 좌우로 저으며 푹 숙이는 모습이 보였다.

그리고 그 옆에 서있는 켐프에게서는 놀란 기색이 어렴풋이 드러나고 있었다.

'저 녀석이 저렇게 빨랐었나?'

분명 1루에서 2루로 갈 때보다, 2루에서 3루로 갈 때가 조금 더 빠르게 느껴졌다.

'아냐. 분명히 더 빨라졌어.'

너무나도 여유 있게 베이스를 터치했다는 것이 그 증거였다.

'후우. 뭐가 어찌 됐든… 하나 날려보자고.'

민우의 연속 도루가 켐프에겐 날카로운 자극제가 되고 있었다.

맥캔은 3루에 도달한 민우에게 완전히 신경을 끊어버렸다.

'이제는 켐프에게 집중해야 해. 벌써 볼만 2개를 내어줬어.'

민우에게 신경이 쏠린 나머지 켐프에게 집중하지 못하고 있다는 것을 뒤늦게야 깨달았지만 이미 볼카운트는 투수에게 조금은 불리한 상황이었다.

'2볼 노 스트라이크. 이건 운에 맡겨야 하는 볼카운트지.'

스트라이크를 잡아야 할 필요성이 있었지만 시즌 마지막 경기에서 켐프가 보여준 위용이 너무나도 압도적이었다.

맥캔은 그 날의 경기가 켐프의 플루크이길 바라며 다리 사이에서 손을 움직였다.

'정타를 맞지 않으려면 최대한 낮게 뿌려야 해. 바깥쪽 낮은 코스로 슬라이더.'

올 시즌, 켐프가 약점을 보였던 코스였다.

로우는 맥캔의 사인에 가볍게 고개를 끄덕이고는 글러브를 들어 올리며 3루를 바라봤다.

잠시 민우와 로우의 시선이 허공에서 부딪히며 정적이 흘렀다.

그러고는 와인드업 자세에서 로우가 강하게 공을 뿌렸다.

슈우욱!

스트라이크존의 한가운데로 향하며 살짝 떠오른 공은 가볍게 떨어져 내리며 바깥으로 휘어지기 시작했다.

동시에 켐프가 앞다리를 가볍게 들썩이고는 곧장 허리 회전을 시작했고, 그 뒤를 따라 배트가 빠르게 돌아 나왔다.

하지만 로우의 공이 생각보다 더 많이 빠져나가는 모습을 보이자 켐프는 자세를 무너뜨리지 않은 채, 스윙의 폭을 늘렸다.

곧, 휘어져 나가는 공과 켐프의 배트가 홈 플레이트 부근에서 맞닿으며 거친 타격음을 내뱉었다.

따악!

곧 낮게 쏘아진 타구가 2루수의 옆을 총알처럼 빠르게 흘러나가며 깨끗한 안타가 만들어졌다.

그사이 민우는 여유 있는 걸음으로 홈 플레이트를 밟으며 팀의 첫 득점을 알렸다.

—3구! 낮게 떨어지는 공에 끝까지 따라가서 깨끗한 안타를 만들어냅니다!

"와아아!!"

"나이스 안타!!"

과거의 켐프였다면 2루 방면으로 힘없이 굴러갈 법한 타구였다.

하지만 켐프는 자신이 바뀌었다는 것을 증명하듯 중심을 끝까지 유지한 채, 손목의 힘만으로 공을 걷어 올려 타구에 힘을 실었고 2루수의 움직임보다 더욱 빠른 타구가 만들어진 것이었다.

가볍게 1루 베이스를 밟은 켐프는 자신을 향해 환호성을 내지르는 팬들의 목소리에 가볍게 미소를 지었다.

'이게 얼마나 행복한 일인지를 잊고 있었어. 내가 있을 곳은 벤치가 아니라 바로 여기야.'

"좋은 스윙이었다."

1루 코치도 만족스러운 미소를 지은 채 켐프에게 칭찬의 말을 건넸고, 켐프는 그와 주먹을 맞대며 대답을 대신했다.

1실점을 내어 주며 가볍게 흔들렸지만 로우는 노련한 투수였다.

1루에 있는 켐프를 2번의 견제로 가볍게 묶어둔 로우는 7번 타자인 테리엇의 몸 쪽을 찌르는 싱커로 3루 쪽 땅볼을 유도했고, 5—4—3의 병살타가 만들어지며 다저스의 공격은 허무하게 끝나고 말았다.

하지만 단 한 점의 차이라도 브레이브스에게는 큰 부담으로 다가오고 있었다.

그리고 그 이유는 누가 설명해 주지 않아도 모두가 두 눈으로 보고 있었기에 똑똑히 알 수 있었다.

슈우욱!

팡!

"스트라이크 아웃"

또 한 명의 타자가 배트를 휘두르지도 못한 채, 주심의 우렁찬 목소리에 신경질적으로 자책하는 모습을 보였다.

또다시 삼진을 추가한 커쇼는 주먹을 불끈 쥐어 보이고는 위풍당당한 표정으로 마운드를 내려가고 있었다.

그 모습에 관중들은 환한 표정을 지으면서도, 한편으론 경외의 시선으로 그런 커쇼를 바라봤다.

"와~ 커쇼 오늘 진짜 미쳤나 봐."

"지금 삼진 몇 개째지?"

"지금 잡은 것까지 12개. 6이닝 동안 삼진 12개야. 진짜 미쳤어!"

"저기 봐봐. 브레이브스 녀석들 완전히 기가 죽었는데?"

한 팬이 브레이브스의 더그아웃을 가리켰고, 수다를 떨던 이들의 시선도 모두 그 방향으로 돌아갔다.

더그아웃의 난간에 기대어 있던 브레이브스 선수들의 얼굴에는 너도나도 심각함이 묻어나오고 있었다.

수비를 위해 글러브를 챙겨 그라운드로 향하는 선수들의 얼굴 또한 그들과 다르지 않았다.

그 모습이 우스웠는지 다저스의 팬들은 '큭큭'거리며 웃음을 내뱉었다.

"오늘 완전히 뭉개놔야지. 3연승하고 챔피언십 시리즈로 가야 할 거 아냐."

"이번 공격이 오늘 경기의 분수령이 될 거야. 블레이크부터 시작이니까 완전히 뭉개 버릴 절호의 기회고."

"가라! 블레이크!! 한 방 날려 버려!"

"고! 고! 다저스!"

"고! 고! 블레이크!"

다저스타디움에 울려 퍼지는 목소리는 다저스 선수들 뿐 아니라 브레이브스 선수들의 귓가에도 선명하게 들려오고 있었다.

　마운드 위에 묵묵히 서 있는 로우를 바라보던 브레이브스의 감독, 콕스의 미간이 가볍게 찌푸려졌다.

　'분위기가 완전히 넘어갔다.'

　로우는 이미 4회에도 3번 블레이크에게 초구를 통타당해 2루타를 얻어맞더니 5번인 민우에게 1타점 2루타를, 7번인 테리엇에게까지 1타점 2루타를 얻어맞으며 4회 말, 도합 2실점을 추가한 상태였다.

　여기에 커쇼가 역대급의 구위를 선보이며 화려한 삼진쇼를 보여주고 있었다.

　브레이브스의 타선은 아직까지 단 한 개의 안타도 뽑아내지 못하며 무기력한 모습을 보이고 있었다.

　경기는 이미 중반을 넘어가고 있었기에 브레이브스에게 희망은 없는 듯 보였다.

　그리고 6회 말, 선두 타자로 나서는 이는 4회의 포문을 열었던 블레이크였다.

　앞서 로우에게 6회부터는 불펜에게 맡기기를 권했던 콕스였다.

　하지만 로우는 의지가 담긴 얼굴로 6회까지 던지고 제 발로 내려오겠다는 뜻을 피력했고, 콕스 감독도 결국 고개를 끄덕일 수밖에 없었다.

　'아직 구위가 죽은 건 아니니까. 억지로 끌어내려 봐야 자

존심만 상할 뿐이니… 믿을 수밖에.'

이미 직전 이닝부터 불펜은 예열을 하고 있었다.

콕스 감독은 한편으론 언제든지 불펜을 투입할 생각을 하면서 경기를 예의 주시하기 시작했다.

6이닝도 채우지 못하는 투수.

로우에게 꼬리표처럼 따라붙는 말이었다.

그리고 큰 경기에 강하다는 '빅 게임 피처'라는 별명.

이 역시 로우에게 따라붙는 또 하나의 말이었다.

로우는 오늘 경기에서 빅게임 피처가 되지는 못할지언정, 6이닝도 채우지 못하는 투수라는 오명을 벗어던지고 싶었다.

4회에 크게 흔들리긴 했지만, 5회에는 삼자범퇴로 다저스 타선을 잠재우며 다시금 자신감을 얻은 상태였다.

'5회만큼만… 싱커가 5회만큼만 휘어진다면……'

아직도 세 타자를 돌려세울 때의 그 손맛이 미미하게 남아 있었다.

손 위로 툭툭거리던 로진백을 바닥에 내려놓은 로우와 맥캔의 시선이 마주쳤다.

곧, 맥캔은 로우를 향해 손가락을 움직여 보이고는 글러브를 들어 올렸다.

곧 고개를 끄덕인 로우의 손에서 공이 뿌려지기 시작했다.

슈우욱!

마치 바깥으로 쭉 날아갈 듯 보이던 공이 순간적으로 스트라이크존을 향해 휘어져 들어갔다.

동시에 블레이크의 배트도 빠르게 돌아 나왔다.

부웅!

팡!

"스트라이크!"

하지만 모두의 귓가에 들려온 것은 경쾌한 타격음 대신, 포수 미트를 강하게 파고드는 울림이었다.

그 매서운 무브먼트에 블레이크의 표정에도 미미한 변화가 일었다.

하지만 언제 그랬냐는 듯, 그 변화는 순식간에 사라지고 블레이크의 얼굴엔 다시금 무표정으로 돌아와 있었다.

오히려 더그아웃에서 자신의 차례를 기다리며 그 모습을 바라보고 있던 민우의 표정이 더 이채롭게 변해 있었다.

'5회에 감을 잡은 건가? 무브먼트가 더 좋아졌어.'

스카우팅 리포트대로라면 6회는 로우가 가장 버거워하는 이닝이었다.

일반적인 선발투수들도 6이닝을 전후로 손에서 힘이 많이 빠진다고들 한다.

'흠. 이럴 때 한 방을 터뜨려야 더더욱 효과가 좋을 텐데.'

투수가 자신감에 차 있을 때, 한 방을 날려 버리는 것만큼 투수를 충격에 빠뜨리고, 무너뜨리는 데 좋은 것이 없었다.

'오늘 완전히 무너뜨려 놔야 4차전까지 갔을 때도 어느 정도 영향을 줄 수 있을 거야.'

커쇼의 페이스를 봤을 때, 급격히 흔들리지 않는 한 8이닝까지는 탈 없이 던질 수 있는 것 같았다.

커쇼가 무너지지 않는 이상, 오늘 경기는 이미 80% 이상 가져온 경기였다.

하지만 끝날 때까지 끝난 게 아니라는 말이 있었기에 방심할 생각은 없었다.

단지 민우의 초점은 로우를 완벽하게 무너뜨리는 데에 더 맞춰져 있을 뿐이었다.

따악!

거친 타격음에 민우의 시선이 곧장 타구로 향했다.

블레이크의 타구는 그 타격음 만큼이나 크게 바운드가 되었고, 애매하게 튀어 오른 타구에 3루수인 인판테가 급히 뒤쪽으로 물러나고 있었다.

─크게 바운드된 타구! 3루수의 키를 넘겼습니다!

그러나 타구는 아슬아슬하게 글러브를 피해 뒤쪽으로 넘어가고 말았고, 백업을 온 유격수가 한 박자 늦게 공을 잡을 수 있었다.

1루에 던지기에는 너무나도 애매한 타구였고, 유격수는 공을 두어 번 휘적거릴 뿐, 끝내 1루를 향해 던지지 못했다.

─정말 묘한 타구가 나왔네요. 운이 따라주는 다저스입니다. 주자는 1루. 타석에는 4번 타자인 로니가 들어섭니다.

행운의 안타가 터져 나오자 다저스타디움에는 다시금 환호성이 울려 퍼졌다.

반면, 마운드 위의 로우의 얼굴에는 진한 아쉬움이 묻어나고 있었다.

잘 던진 공이었고, 타자의 타이밍을 완전히 빼앗은 공이었다.

하지만 행운의 여신은 자신이 아닌 타자에게로 기울었고, 결국 안타로 이어지고 말았다.

마지막 이닝이라고 생각하고 올라왔음에도 결국 출루를 허용하자 로우의 멘탈이 아주 미세하게 흔들리기 시작했다.

아직 더그아웃에선 교체를 위한 움직임이 보이지 않고 있었지만, 로우 스스로도 알 수 있었다.

'두 타자? 아니, 한 타자가 더 출루하면 바로 강판이겠지.'

로우의 투구수는 조금 전의 공으로 90개를 넘어가고 있었다.

'여기서 승부를 봐야 한다.'

로우의 강점은 싱커를 활용한 땅볼 유도 능력이 굉장히 뛰어나다는 것이었다.

만약 로니에게 병살타를 유도해 내기만 한다면 안타를 지우고, 아웃 카운트를 한 번에 2개로 늘릴 수 있었다.

하지만 로니에게까지 안타를 맞는다면 이야기가 달라졌다.

로우의 시선은 타석으로 들어서는 로니를 지나, 대기 타석에서 자신을 바라보고 있는 민우에게로 돌아갔다.

민우는 바로 직전 타석에서 로우의 공을 강타해 센터 펜스를 강타하는 2루타를 때렸었다.

'30센티만 높았으면 홈런이었지. 후우.'

베테랑인 로우마저 긴장시키게 하는 타자, 메이저리그에서 가장 핫한 타자가 바로 민우였다.

거기다 그 뒤에는 켐프까지 대기를 하고 있었다.

거기까지 미치자, 로우는 공기가 바뀌는 느낌과 함께 엄청난 압박을 느끼기 시작했다.

'내가 도대체 무슨 생각을. 로니에게 집중하자.'

강하게 고개를 흔들며 로니에게 집중하자 압박은 순식간에 사라졌다.

하지만 강하게 남아 있는 여운이 로우의 어깨를 무겁게 하고 있었다.

맥캔의 사인에 무겁게 고개를 끄덕인 로우가 글러브를 들어 올렸고, 어깨 너머로 블레이크에게 견제의 시선을 보냈다.

블레이크는 뭘 생각이 없다는 듯, 8피트(2.4미터) 정도의 평균적인 리드를 가져가고 있었다.

곧, 로우가 세트 포지션에서 강하게 공을 뿌리기 시작했다.

슈우욱!

팡!

"볼!"

초구는 스트라이크존에서 살짝 벗어나는 볼이었다.

하지만 포수의 미트가 원래의 위치에서 크게 움직이는 모습을 보였고, 그것은 곧 제구가 제대로 되지 않는다는 것을 증명하고 있었다.

맥캔은 로우에게 양팔을 벌려 아래로 내리는 제스처를 취해 보이고는 다시금 공을 받기 시작했다.

슈우욱!

팡!

"스트라이크!"

"볼!"

"볼!"

2구째에 스트라이크를 잡으며 동률을 이루며 한숨을 돌리나 했더니, 3구와 4구에 로니의 배트가 꿈쩍도 하지 않으며 모두 볼이 되었다.

타자가 공에 반응하지 않는다는 이유는 두 가지로 생각할 수 있었다.

몹시 신중하거나, 투수의 공이 눈에 훤히 보인다거나.

그리고 그 정답은 로니가 몸소 알려주었다.

따아악!

그라운드를 울리는 깨끗한 타격음과 함께 로니의 타구가 큼지막한 포물선을 그리며 날아가기 시작했다.

―아~ 타구는 센터 방면으로! 큰데요! 넘어갈 듯! 넘어갈 듯!

브레이브스의 중견수, 엔키엘이 펜스를 향해 빠르게 달려가고 있었다.

하지만 로니의 타구는 엔키엘의 움직임보다 더욱 빠르게 펜스를 강타했다.

텅!

엔키엘은 빠른 판단으로 워닝 트랙 부근에서 튕겨 나오는 타구를 잡아냈고, 곧장 내야를 향해 강하게 송구를 뿌렸다.

그 잽싼 대처에 3루 코치가 급히 블레이크를 멈춰 세웠고, 유격수가 던진 송구를 텅 빈 홈을 지키던 맥캔이 받으며 상황이 종료되었다.

―아~ 블레이크는 3루에서 멈춰 섭니다. 타자 주자는 2루까지! 무사 주자 2, 3루 상황이 만들어집니다.

―연속 안타를 허용하며 흔들리는 로우 선수인데요. 투수

코치가 마운드로 향합니다. 교체인가요?

연속 안타를 허용하며 주자 두 명이 모두 득점권에 들어가자 브레이브스의 더그아웃에선 바쁜 움직임이 보이기 시작했다.

그런데 마운드에 올랐던 투수 코치는 로우와 몇 마디 대화를 나누더니 곧 그 어깨를 두드리고는 홀로 마운드를 내려갔다.

─아~ 믿고 맡기겠다는 건가요?

─마지막 자존심을 살려주려는 것인지도 모르겠네요. 비록 패색이 짙은 경기이긴 하지만, 콕스 감독은 1차전 이후를 내다보는 것이 아닌가 싶습니다.

─과연 콕스 감독의 믿음에 보답할 수 있을지, 타석에는 강민우 선수가 들어서고 있습니다.

'나라도 잡고 자존심을 지키라 이건가?'

타석에 들어서는 민우는 브레이브스 벤치의 판단에 그런 추측을 해보았지만 그 속마음은 그들만이 알 수 있었다.

그저 로우의 의지가 담긴 눈빛과 표정에서 그런 점을 추측하고 있을 뿐이었다.

'뭐가 어찌 됐건, 밥상이 차려졌으니 잘 받아먹어야겠지?'

주자 2, 3루 상황.

안타 한 방만 때려도 게임 오버였다.

홈런으로 쐐기를 박는다면 더할 나위가 없었다.

민우는 배터 박스에 자리를 잡기 전, 가볍게 배트를 휘두르며 몸을 풀었다.

부웅!

부웅!

그 모습이 맥캔의 눈에는 저승사자처럼 보이고 있었다.

잠시 숨을 크게 내쉬며 약해지려는 마음을 다잡은 맥캔이 그 시선에 믿음을 담아 로우를 바라봤다.

'로우. 힘을 내라고. 민우만 잡자. 민우만.'

곧, 다리 사이로 빠르게 손을 놀린 맥캔이 미트를 주먹으로 두드리며 앞으로 들어 올렸다.

집중력을 최대한 끌어 올리려는 듯, 잠시 뜸을 들이던 로우가 와인드업 자세를 취한 뒤, 강하게 공을 뿌렸다.

슈우우욱!

민우에게로 날아오는 듯 보이던 공이 급격히 휘어지며 스트라이크존의 바깥쪽 낮은 곳으로 찔러 들어갔다.

제대로 채이는 느낌에 로우의 입가에 미소가 지어지려는 순간.

맥캔의 미트와 공의 사이로 기다란 물체가 벼락같이 튀어나와 가로막는 모습이 보였다.

따아아악!

큰지막한 타격음과 함께 로우가 뿌린 공이 순식간에 하늘로 쏘아져 날아가 버렸다.

그 커다란 타격음에 로우는 순간 무슨 일이 벌어졌는지 모르겠다는 듯, 멍한 표정을 짓고 서 있을 뿐이었다.

그런 로우를 현실로 불러들인 것은 회심의 미소를 지은 채, 자신이 때린 타구를 감상하고 있는 민우의 표정이었다.

로우는 설마 하는 표정을 지으며 천천히 몸을 돌렸고, 곧 하늘을 뚫을 기세로 날아가는 타구를 발견하고는 망연자실한 표정을 지어 보였다.

'이런 미친……'

입 밖으로 욕설이 채 튀어나오지도 못할 정도로 심장이 쿵쾅거렸고, 머리는 새하얘졌다.

—초구! 쳤습니다! 퍼 올린 타구! 그대로 센터 필드를 가르며 날아갑니다! 중견수가 빠르게 쫓아가는데요!

곧, 로우의 시선은 타구를 쫓아 펜스를 향해 다시 한 번 맹렬히 달려가는 엔키엘에게로 향했다.

'제발, 제발 잡아줘! 엔키엘!'

그리고 그런 그의 바람을 듣기라도 한 듯, 엔키엘은 로니의 타구를 쫓을 때보다 더욱 빠르게 움직였고, 타구보다 펜스에 먼저 도달할 수 있었다.

하지만 곧 뒤를 돌아 하늘을 바라보는 엔키엘의 표정은 로우를 더욱 절망스럽게 만들었다.

'이건… 잡을 수 없어.'

—펜스! 펜스를 그대로! 넘어~ 갑니다! 스리런 홈런! 앞선 주자 두 명을 여유 있게 홈으로 불러들이고 마지막으로 강민우 선수도 홈 플레이트를 밟았습니다! 강민우 선수의 디비전 시리즈 첫 번째 홈런이 드디어 터져 나왔습니다! 모두가 기대했던 바로 그 장면이 지금 눈앞에서 펼쳐지고 있습니다!

—아~ 이 홈런은 브레이브스에게 너무나도 뼈아픈 홈런이 되겠습니다. 이미 커쇼 선수에게, 단 하나의 안타도 뽑아내지 못하며 무기력한 모습을 보이고 있는 브레이브스의 타선이었는데요. 그럼에도 꿋꿋이 선발 마운드를 지키며 3실점만을 내어 주고 있던 로우 선수가 강민우 선수의 홈런 한 방으로 완전히 무너지고 말았습니다.

—뒤늦게 콕스 감독이 마운드로 향하면서 자동으로 투수 교체가 이루어지게 됩니다. 하지만 너무 늦은 감이 없지 않네요. 스코어는 이제 6 대 0까지 벌어집니다.

—커쇼 선수는 정말 든든하겠네요. 3점 이상의 득점 지원만 있으면 승리를 지켜내는 커쇼 선수인데요. 더 이상의 설명은 필요가 없으리라고 생각됩니다.

다저스타디움을 가득 메운 수많은 팬은 홈런임을 확신한 듯, 일찌감치 자리에서 일어나 소리를 지르고 있었다.

그리고 엔키엘이 펜스에 등을 기대고, 타구가 훌쩍 펜스를 넘어가는 순간.

다저스타디움이 무너질 듯한 환호성이 그라운드로 쏟아져 나왔다.

"와아아아아아아!"

"우와아아아!"

"역시 민우다!!"

"디비전 시리즈는 우리가 가져간다!"

"이게 바로 푸른 피의 저력이다!"

"가자! 챔피언십 시리즈로!"

한 마디씩을 내뱉으며 LA다저스의 로고가 그려진 푸른 손수건을 휘두르는 모습은 가히 장관이었다.

타구가 넘어가는 것을 확인하며 주먹을 불끈 쥐어 보인 민우의 시선은 자연스레 관중석으로 향했고, 곧 그 입가에 지어진 미소가 더욱 커졌다.

'이 맛이구나!'

관중석에는 빈 곳이 없이 온통 푸른 손수건이 일렁이고 있었고, 그 모습이 마치 푸른 파도가 밀려오는 듯했다.

그리고 그 모습은 브레이브스의 선수들을 더더욱 압박하며 패배감에 짓눌리게 만들었다.

마운드를 내려가는 로우의 어깨는 유난히도 좁아 보였고, 그 고개는 무겁게 떨궈져 있었다.

이후 등판한 좌완 불펜, 벤터스가 후속 세 타자를 깔끔하게 돌려세우며 이닝을 마무리 지으며 한숨을 돌린 브레이브스였다.

하지만 오히려 벤터스의 호투가 늦은 교체 타이밍을 더욱 아쉽게 하며 브레이브스의 어깨를 더욱 무겁게 하고 있었다.

민우의 스리런 홈런 한 방으로 로우로서는 자존심마저 잃었고, 브레이브스는 실리까지 잃고 말았다.

그리고 커쇼에게는 6점이면 충분했다.

7회, 그리고 8회.

거침없이 공을 뿌리며 삼진 쇼를 선보이는 커쇼의 모습은 다저스타디움을 환호로, 브레이브스의 더그아웃에는 절망을 선사했다.

8회를 끝마치며 투구수 114개를 채운 커쇼는 9회, 마운드를 젠슨에게 넘겨주며 자신의 역할이 끝났음을 알렸다.

종합 8이닝 1피안타 무실점.

삼진 개수만 무려 14개였다.

만약 8회 초, 맥캔에게 통한의 2루타를 허용하며 퍼펙트가 무산되지만 않았더라면 9회에도 마운드에 올랐을지도 모를 정도의 엄청난 호투였다.

지난 시즌, 포스트 시즌 두 경기에서 11.1이닝 동안 7실점을 허용하며 큰 경기에 약한 모습을 보이던 커쇼였다.

하지만 단 1년 만에 다시 돌아온 무대에서 불명예가 될 꼬리표를 가볍게 지워 버렸고, 믿음직스러운 모습을 보이는 것을 넘어 경기를 지배하는 모습이었다.

9회가 시작되며 마운드에 커쇼가 아닌 젠슨이 올라오는 모습에 다저스의 팬들 사이에서 아쉬움 섞인 목소리가 나오기도 했지만 잠시뿐이었다.

그들 모두가 오늘 경기가 끝이 아니라는 것을 알고 있었기 때문이었다.

남은 1이닝은 순식간에 지나갔다.

삼진과 좌익수 플라이로 아웃 카운트 두 개를 잡은 젠슨의 앞에 브레이브스의 마지막 아웃 카운트가 될 제물, 인판테가 들어섰다.

슈우욱!

부웅!

팡!

"스트라이크!"

분명 스트라이크존의 한 가운데를 파고드는 공이었지만 인판테의 배트는 반 박자 느리게 허공을 가르며 지나가고 말았다.

이후에도 젠슨의 투구에는 거침이 없었다.

젠슨의 공에서는 앞을 가로막는 모든 것을 잡아내겠다는 기세가 느껴졌다.

슈우욱!

부웅!

팡!

"스트라이크!"

또 한 번의 헛스윙이 나오며 2스트라이크가 만들어지자 다 저스의 팬들이 휘파람을 불며 분위기를 끌어 올렸다.

휘이익—!

"예에!!"

"눌러 버려!"

볼카운트는 1볼 2스트라이크.

바라하스의 사인을 받은 젠슨이 다시금 와인드업 자세를 취하고는, 곧 강하게 공을 뿌렸다.

슈우우욱!

딱!

세 번째 스윙 만에 인판테의 배트에 공이 맞닿았고, 약간은 투박한 타격음과 함께 타구가 센터 필드로 향했다.

애매하게 떠오른 타구에 인판테의 얼굴에 약간의 희망이 담긴 것도 잠시, 맹렬한 기세로 내야를 향해 달려 내려오는 민 우의 모습에 그 얼굴이 딱딱하게 굳어져 갔다.

—애매한 타구인데요! 강민우 선수가 무서운 기세로 달려 내려옵니다!

타다다닷!

민우의 시야에는 타구의 라인과 낙구 지점을 표시하는 반원이 모두 붉은 빛깔로 물들어 있었다.

'문제없어!'

이런 타구를 이전에도 수없이 잡아냈던 민우였다.

혹여나 잡지 못할까라는 걱정 대신, 민우는 다리 근육을 더욱 팽팽히 조였다.

쌔에에엑!

귓가를 스쳐 지나가는 날카로운 바람 소리는 민우가 얼마나 빠른 속도로 달리고 있는지를 알려주고 있었다.

이미 몇 번의 호흡을 맞춰보았기에 캐롤과 테리엇은 민우의 진행 경로를 방해하지 않으면서 만약을 대비한 백업만을 준비하고 있었다.

곧 낙구 지점을 수 미터 남겨둔 지점에 도달한 민우가 그라운드를 박차고 몸을 날렸고, 글러브를 쭉 뻗어 보였다.

탓!

공중으로 붕 떠오른 민우의 모습에 모두의 시선이 크게 떠졌다.

팍!

좌아아악!

찰나의 시간이 지나고, 글러브에 빨려 들어간 타구가 모습을 감췄고, 잔디를 타고 주르륵 미끄러지던 민우가 멈춰 섰다.

그 모습에 아웃 카운트가 모두 채워졌음을 확인한 관중들이 일제히 환호성을 내질렀다.

"우아아아아!!"

"이겼다아아!!"

마지막 아웃 카운트를 잡아내는 민우의 엄청난 수비는 다저스의 승리에 방점을 찍는 환상적인 모습이었다.

─강민우 선수가 멋진 슬라이딩 캐치로 이 타구를 잡아냅니다! 경기 종료! 다저스의 첫 득점을 만들어낸 강민우 선수가 마지막 아웃 카운트까지 처리해 내며 공수에서 모두 맹활약을 보여줍니다!

─최종 스코어 6 대 0으로 다저스가 홈에서 브레이브스를 누르고 내셔널리그 디비전 시리즈 첫 번째 경기를 먼저 가져가게 됩니다!

"언제 봐도 네 녀석의 슬라이딩은 믿기지가 않네. 슬라이딩만 보면 한 10년은 뛴 베테랑 같단 말이야."

손을 내밀며 웃음기 섞인 목소리로 칭찬을 건네는 캐롤의 모습에 민우도 환하게 웃으며 그 손을 맞잡았다.

"10년이라니요. 10년 뒤에는 이거보다 더 날렐걸요? 흐흐."

"어쭈. 인마가 지금 뭐라고 하는 거냐?"

"큭큭!"

민우의 능청스러운 말에 캐롤이 장난스럽게 성을 냈고, 그 옆으로 다가온 테리엇이 낮게 웃음소리를 냈다.

선수들은 서로 부둥켜안고 하이파이브를 나누며 1차전의 승리를 마음껏 만끽했다.

민우는 생애 첫 디비전 시리즈에서 4타석 3타수 2안타(1홈런) 2도루 4타점 3득점으로 타율 0.666을 기록하며 쾌조의 스타트를 끊었다.

*   *   *

다저스타디움의 한쪽에 자리한 단장실.

희끄무레한 콧수염과 턱수염을 적당히 기르고 약간은 빛이 바랜 듯한 정장을 입고 있는 이가 기록지와 각종 자료들을 살펴보며 다저스와 브레이브스와의 경기 내용을 면밀히 살펴보고 있었다.

책상 앞에 놓인 명패가 그 남성이 LA다저스의 단장, 콜레티라는 사실을 알려주고 있었다.

"흐음."

약간의 시간이 흐르고, 콜레티는 정리를 끝낸 듯, 서류들을 잘 정리해 한쪽으로 밀어놓고는 모니터로 시선을 돌렸다.

책상의 한편에 놓인 모니터에는 오늘 다저스의 경기와 관련된 기사가 여러 개 띄워져 있었다.

〈LA다저스, 내셔널리그 디비전 시리즈 1차전 승리로 장식하다. 커쇼 8이닝 1피안타 무실점. 강민우 1홈런.〉

〈'코리안 몬스터' 강민우, 디비전 시리즈에서도 홈런쇼! 공수에서 맹활약하며 다저스의 첫 승 이끌어.〉

〈LA다저스, 브레이브스 누르고 NLDS 1차전 승리하며 쾌조의 스타트. 22년 만의 월드 시리즈 우승을 향해 순조로운 첫걸음.〉

경기가 끝난 뒤, 다저스와 관련된 수많은 기사가 시시각각 게시되고 있었다. 하지만 그 내용은 대부분 비슷했고 포커스 또한 경기를 이끈 두 선수에게 맞춰져 있었다.

다저스의 선발투수인 커쇼의 호투.

그리고 5번 타자로 팀의 첫 득점과 홈런을 만들어낸 강민우.

그중 콜레티의 관심을 가져간 것은 민우의 활약이었다.

'강민우. 너무나도 매력적인 선수야. 루키인 만큼 디비전 시리즈에서 기가 죽을 법도 한데, 이런 거침없는 모습이라니.'

9월, 로스터 확장과 함께 메이저리그에 데뷔하는 루키들 중 시즌 종료까지 많은 활약을 보이는 선수들은 종종 있었다.

하지만 그런 선수들조차 포스트 시즌이라는 이름의 중압감을 견디지 못하고, 그 성적이 폭락하는 경우가 비일비재했다.

'강민우가 정규 시즌에 보여준 기록은 다른 선수들과 비교할 수 없을 정도로 놀랍긴 하지만… 포스트 시즌에서도 이렇게 맹활약을 보일 줄이야.'

지난 시즌, 2년 차에 접어들며 정규 시즌 내내 빼어난 활약을 보였던 커쇼조차도 포스트 시즌에서는 평범하다 못해 한 경기를 말아먹다시피 하며 무너졌었다.

물론 투수와 타자는 경우가 달랐지만 민우의 경우는 상상 그 이상을 보여주고 있었다.

승격과 함께 시즌 종료까지 6할에 가까운 타율에 21개의 홈런을 기록한 민우였다.

한 달간 3할에 5홈런을 때리기만 해도 특급 타자라는 칭호를 얻기에 충분했다. 그런데 민우는 타율은 두 배, 홈런은 네 배를 넘는, 너무나도 압도적인 기록을 보여주었다.

그리고 오늘 디비전 시리즈 첫 경기에서 공, 수, 주를 가리지 않고 다저스의 승리를 만들어냈다.

그런 민우의 모습을 바라보는 콜레티의 머릿속에는 민우와 함께 할 다저스의 먼 미래까지 들어 있었다.

서비스 타임에 혹할 만한 계약을 제시해 그 활약을 치하하고, 추후 연봉 조정 신청에서의 갈등을 피하는 것.

그것이 콜레티의 목표였다.

메이저리그에는 서비스 타임이라는 제도가 있어 선수는 3년 차 시즌까지는 구단에서 일방적으로 정해주다시피 하는 연봉을 받아야 했다.

커쇼의 경우, 올 시즌엔 최저 연봉보다 약간 높은 44만 달러를 받고 있었다.

원래대로라면 민우도 다음 시즌부터 3시즌 동안은 최저 연봉 수준에서 연봉이 책정되는 것이 맞았다.

하지만 민우가 지금과 같은 압도적인 모습을 다음 시즌, 그 다음 시즌에도 보여준다면 추후 발생할 연봉 조정 신청에서 선수의 손을 들어줄 확률이 높았다.

연봉 조정 신청을 통해 엄청난 인상 폭을 보인 선수의 대표적인 예로 필리스의 강타자, 라이언 하워드가 있었다.

2005년 22홈런, 2006년 58홈런, 2007년 47홈런으로 세 시즌 동안 무려 127개의 홈런포를 쏘아 올린 하워드는 연봉 조정 신청을 통해 연봉이 90만 달러에서 1,000만 달러로 수직 상승을 했다.

그리고 그해, 다시 한 번 48홈런을 기록하며 자신의 가치를 증명했고, 연봉 조정 신청 과정에 돌입한다.

하워드의 행보에 다급해진 필리스는 연봉 조정위원회까지 가기 전, 하워드에게 장기 계약을 제시하고 하워드 측에서 이를 받아들이면서 3년 총액 5,400만 달러에 계약을 완료했고, 추후 갈등이 생길 여지를 완전히 봉합했다.

콜레티의 머릿속에 담긴 계획은 이와 비슷하다고 할 수 있었다.

만약 민우가 그저 '잘한다' 정도의 선수였다면 콜레티는 벌써부터 이런 생각을 하지 않았을 것이다.

앞서, 콜레티가 메이저리그에서 이미 검증된 선수를 선호한다는 것은 익히 알려진 사실이었다.

그런데 민우는 단 한 달 만에 그 스스로의 가치를 만천하에 알렸다.

검증, 그 이상의 모습을 보여준 것이다.

연속 경기 홈런 신기록, NL 9월 월간 홈런 신기록 등…….

민우는 콜레티가 원하는 메이저리그에서의 검증을 넘어 수십년 묵은 기록들을 갈아치우며 정복을 이루었다.

민우의 대활약에 힘입어 다저스는 연전연승을 거두며 지구 1위를 차지했고, 포스트 시즌에 올랐다.

이에 필요한 시간은 겨우 한 달 남짓이었다. 콜레티로서는 팀의 미래를 밝혀줄, 너무나도 탐이 나는 인재였다.

하지만 나머지 2%를 확인하고 싶었다.

정규 시즌에서의 엄청난 활약도 활약이지만, 결국 빅게임에서 강하지 못하면 월드 시리즈 우승은 머나먼 이야기였다.

그런데 바로 오늘, 그 2%를 민우가 제대로 보여주었다.

브레이브스와의 디비전 시리즈 1차전에서 뛰어난 활약을 보이며 큰 경기에서도 강한 면모를 유감없이 보여주었다.

'물론 오늘 한 경기만을 놓고 논하기엔 표본이 부족하지만… 홈런 하나에 연속 도루, 그리고 마지막 아웃 카운트를 잡는 완벽한 수비까지. 한 경기에서, 그것도 포스트 시즌에서 이런 대활약이라면… 가능성은 충분해. 충분하고도 넘친다.'

먼 미래를 내다보듯 민우의 기록지를 살펴보던 콜레티는 곧 모니터의 기사들을 내리고 메일을 확인하기 시작했다.

'9월 관중 분석표', '팀 스토어 매출 현황' 등 다양한 자료들이 콜레티의 메일함에 전송되어 있었다.

콜레티는 메일을 확인하며 흡족한 표정을 짓고 있었다.

'9월 이후 경기당 평균 관중이 10,000명 이상 증가했고, 온 —오프라인 팀 스토어의 매출도 20% 이상 신장됐어. 그 절반이 바로 강민우와 관련된 것들이고. 후우.'

콜레티가 탐내는 것은 민우의 실력뿐만이 아니었다.

민우는 경기장 바깥에서도 다저스 구단에 엄청난 수익을 남기고 있었다.

쓸데없는 영입에 돈을 쏟아 붓는다는 비판에 휩싸여 있던 콜레티의 악명은 민우의 메이저리그 승격과 함께 칭송으로 바뀌어 있었다.

메이저리그 최저 연봉의 선수가 연봉 2,000만 달러를 줘도 아깝지 않을 영향력을 보이고 있었다.

구단의 성적 향상과 수익 증대, 콜레티의 명성이 올라간 것은 모두 민우의 합류와 함께 일궈진 것이었다.

하지만 이 모든 것이 영원할 수는 없었다.

만약 서비스 타임 이후, 민우가 FA자격을 취득해 다저스를 떠난다면 그 모든 것은 신기루처럼 사라질 것이 분명했다.

현재 성적에서 반 토막이 난다고 하더라도 민우는 특급을 넘어, 초특급을 넘보는 선수였다.

스플릿 계약에도 미적지근했던 콜레티는 너무나도 또렷이 드러나는 민우의 영향력에 이제는 민우를 최우선 계약 대상으로 바라보고 있었다.

'구미가 당길 만한 다년 계약을 제시한다면……'

콜레티는 민우가 지금보다 더 성장을 보이기 전에 장기 계약으로 묶어두었을 때 얻을 수 있는 것에 주목했다.

선수 입장에서는 다년 계약을 통해 일찍부터 안정적인 연봉을 보장받을 수 있는 장점이 있었다.

구단 입장에서는 일찌감치 계약을 맺으며 추후 발생할 힘겨루기로 인한 피로를 피하고, FA로 인한 선수의 유출을 막음으로서 서로 윈─윈할 수 있는 장점이 있었다.

콜레티의 머릿속에서는 수많은 가정이 떠올랐다 가라앉고 있었다.

'잡을 거라면 최대한 일찍 잡는 것이 좋겠지.'

해를 거듭할수록 FA시장이 과열되고 있다는 것은 누구나 알고 있는 사실이었다.

수년 전에 500만 달러면 잡을 수 있던 선수가 있었다면 지금은 1,000만 달러 그 이상을 주어야만 경쟁에서 이길 수 있다고 해도 과언이 아니었다.

그리고 앞으로도 그 상향 곡선이 아래쪽으로 처질 예정은 거의 없었다.

시장은 매년 과열 행진이었고, 가치 있는 선수들의 몸값은 천정부지로 치솟고 있었다.

그리고 이런 FA시장의 과열은 결국 팀에게는 예상을 뛰어넘는 지출을 하게 만들곤 했다.

때문에 최근 메이저리그에서는 서비스 타임에 일찌감치 장기 계약을 맺는 경우가 왕왕 존재했다.

콜레티 역시 그런 계약 방식에 주목하고 있었고, 할 수만 있다면 민우를 최대한 적당한 가격으로 10년, 그 이상을 묶어 두고 싶었다.

하지만 그런 희망적인 생각과 달리 콜레티의 낯빛은 조금씩 어두워지고 있었다.

'보라스 코퍼레이션에서 조기 계약에 응할 확률은… 상당히 낮겠지.'

단 한 달 만에 민우는 자신의 가치를 메이저리그 톱클래스로 만들었다.

정규 시즌을 넘어 디비전 시리즈 첫 경기의 스타트를 임팩트 있게 끊었다.

디비전 시리즈뿐 아니라 챔피언십 시리즈, 그리고 월드 시리즈에서의 활약 여하에 따라 그 몸값 또한 천정부지로 치솟을 것은 자명한 사실이었다.

지금의 민우의 활약만으로도 스몰 마켓 팀에서까지 1,000만 달러는 거뜬히 부를 모습이었다. 그리고 계약에 관해서는 타의 추종을 불허하는 것이 바로 보라스 코퍼레이션이었다.

콜레티가 생각한 것이라면, 보라스 측에서도 모두 파악하고 있을 확률이 높았다.

'그렇기 때문에 지금은 계약에 응할 확률은 낮다. 하지만 그렇다고 포기할 순 없지. 가능성에 제로는 없다.'

보라스라는 상대가 쉬운 상대는 아니었지만, 희망이 없는 것은 아니었다.

콜레티가 미래에 예상 이상의 지출을 두려워하듯이, 보라스 코퍼레이션에서는 민우의 예상치 못한 부상, 혹은 부진을 걱정할 것이다.

콜레티는 이런 서로의 생각이 적당히 맞물린다면 서로가 만족할 만한 합의점을 찾을 수 있으리라 생각하고 있었다.

그리고 이제 겨우 디비전 시리즈 첫 경기가 끝났을 뿐이었다.

'아직 갈 길이 멀어.'

벌써부터 그 몸이 달아올랐다는 것을 보라스 코퍼레이션에 드러낼 필요는 없었다.

'지켜보자. 만약 우리 다저스가 월드 시리즈에서 우승한다면… 그리고 강민우가 정규 시즌처럼 미친 활약을 보인다면…

얼마든지 원하는 계약을 내어줄테니.'

월드 시리즈 우승.

메이저리그의 모든 팀, 모든 선수들이 꿈꾸는 최고의 목표를 달성한다면 콜레티는 보라스 측에서 제시하는 계약에 도장을 찍어줄 용의가 있었다.

다만, 한 가지 전제로 달아야 할 조건이 있었다.

'군대. 강민우는 아직 군대에 다녀오지 않았다.'

대한민국의 남성들이라면 피해갈 수 없는 것, 바로 국방의 의무를 해결하는 것이었다.

'아무리 날고 기는 보라스 코퍼레이션이라도 강민우의 군대 문제만큼은 손을 쓸 수가 없겠지.'

민우가 FA로 풀리는 것은 2017년도였고, 그 때 민우의 나이는 30살이 된다.

만 29세.

한창 전성기를 구가할 나이이지만 군대 문제가 해결이 되지 않는다면 그 누구도 민우와 장기 계약을 할 이유가 없었다.

그리고 한국에서 야구 선수가 병역면제를 받을 수 있는 것은 이제 아시안게임만이 남아 있었다.

2014년, 그리고 2018년.

이마저도 한국에서는 병역면제에 대한 찬반 논란이 뜨거워 언제 법이 바뀔지 모르는 일이었다.

더군다나 두 번의 아시안게임에서 국가 대표 팀으로 발탁

되지 못하거나, 발탁되더라도 금메달을 따지 못한다면 민우는 2019년에는 병역의무를 수행해야 한다.

콜레티의 미간이 가볍게 찌푸려졌다.

'전자는 걱정할 필요가 없어. 강민우가 한국의 국가 대표로 뽑지 않는다는 건 누가 봐도 미친 짓일 테니까. 문제는 바로 후자다. 한국이 과연 금메달을 딸 수 있느냐겠지.'

한국 야구는 전통적으로 국제 대회에서 강한 것으로 유명했다.

하지만 변수는 언제나 존재했고, 강민우라는 사기 캐릭터를 데리고도 우승의 문턱에서 좌절할 수도 있었다.

다저스에게도, 보라스 코퍼레이션에게도, 당사자인 민우에게도 절대로 일어나선 안 되며, 일어나지 않기를 바라 마지않는 결과였다.

하지만 아직까지는 먼 미래의 일이었다.

병역에 관해서는 계약서에 옵션을 넣으면 그만이었다.

문제는 이런 조건들을 잘 따져서 보라스 코퍼레이션이 계약서에 도장을 찍게 만드는 것뿐이었다.

그리고 그 이전에 민우가 포스트 시즌에 얼마나 더 매력적인 모습을 보여주느냐였다.

콜레티는 두 눈을 감은 채, 등받이에 몸을 맡기며 하나의 결론을 도출해냈다.

'증명해 봐라. 너의 가치를.'

*　　　*　　　*

내셔널리그 디비전 시리즈, 브레이브스전 홈 2차전.

8회 말 1사 주자 만루 상황.

슈우우욱!

따아악!

매섭게 돌아간 배트가 공과 부딪히며 체중을 온전히 전달하며 제 역할을 마쳤다는 듯, 청량한 타격음이 그라운드를 타고 울려 퍼졌다.

민우는 손에서 느껴지는 아주 미미한 느낌에 배트를 옆으로 가볍게 내던지고는 위풍당당한 발걸음으로 다이아몬드를 돌기 시작했다.

그리고 그런 민우와 대조적으로 마운드 위에 선 브레이브스의 마무리 투수, 와그너는 고개를 푹 숙인 채 얼굴을 들지 못하고 있었다.

다저스타디움을 찾은 수만의 팬은 모두가 한 마음, 한 표정으로 하늘을 가르며 날아가는 타구를 쫓아 눈을 돌리고 있었다.

─주자 만루! 쳤습니다! 이번엔 우익수 뒤쪽입니다! 뒤쪽으로 달려가는데요! 이 타구! 그대로~ 우측! 우측 펜스를 넘어

갑니다! 강민우 선수의 그랜드 슬램! 언빌리버블! 오늘 경기에 쐐기를 박네요! 강민우 선수가 이 한 방으로 4타점을 쓸어 담으며 8회 말까지 이어지던 2 대 2의 균형을 무너뜨립니다! 2경기 연속 홈런!

곧 펜스 너머 관중석 사이로 파고들어 가는 타구의 모습에서 격한 환호성을 내질렀다.

"우와아아아아아아!!!"

"만루 홈런이다!!"

"강이 또 해냈다!"

"강은 진짜 미쳤어! 미쳤다고!"

그렇게 다저스타디움에 울려 퍼지는 함성 소리가 커질수록 브레이브스 더그아웃은 절망의 구렁텅이로 빠져들어 가고 있었다.

—아~ 브레이브스로서는 정말 뼈아픈 홈런이 되겠습니다. 마무리 투수인 와그너를 조기에 투입하며 경기를 내어 주지 않겠다는 의지를 보인 브레이브스였습니다만, 강민우의 폭주를 막기에는 역부족이었습니다.

더그아웃에 들어선 민우는 동료들과 미친 듯이 소리를 지르며 기쁨을 나누고 있었다.

그리고 브레이브스의 감독, 콕스가 그 모습을 뚫어져라 바라보고 있었다.

얄밉고도 부러웠고, 경이로우면서도 두려웠다.

만루 홈런을 날리고 다이아몬드를 도는 모습이 마치 한 마리의 맹수 같았다.

'와그너까지 이렇게 무너질 줄이야⋯⋯.'

브레이브스의 뒷문을 든든히 지켜주던 와그너는 사냥당한 먹잇감처럼 기세를 완전히 잃어버렸다.

아무리 원정 경기라고 해도 1, 2차전을 모두 내어준 것은 너무나도 뼈아팠다.

8회 말, 마무리 투수를 올리고도 4점을 빼앗김으로써 브레이브스가 오늘 경기를 가져갈 확률은 극히 희박했다.

9회 초, 브레이브스가 마지막 공격 기회에서 5점을 뽑아내는 것은 말처럼 쉬운 일이 아니었다.

'조금 전의 홈런 한 방으로 기세를 완전히 잃어버렸어. 이런 상태로는⋯ 역전은 힘들다고 봐야겠지.'

한두 점이라면 어떻게 해볼 수 있을지도 몰랐다.

하지만 그라운드에 나가 있는 선수들의 얼굴도, 더그아웃에 남아있는 선수들의 분위기도 착 가라앉아 있었다.

1이닝 만에 분위기를 바꾼다는 것은 연타석 홈런이라도 터지지 않는 이상 불가능했다.

그것도 뒷문이 튼튼하기로 유명한 다저스의 투수진을 상대로는 더더욱 힘들었다.

포기할 생각은 없었지만, 집착할 생각 또한 없었다.

'후우. 3, 4차전을 가져오는 수밖에 없어.'

콕스 감독의 머릿속엔 오늘 경기의 충격을 잊고 3, 4차전을 어떻게 가져와야 할지에 대한 생각이 들어서기 시작했다.

이제 오늘 경기가 애틀란타로 돌아가 하루의 휴식을 취하고 홈에서 3, 4차전이 치러질 예정이었다.

5전 3선승제로 치러지는 디비전 시리즈였기에 3차전을 내어 주는 순간, 브레이브스의 포스트 시즌은 끝나는 것이었다.

더 이상 뒤를 생각할 여유는 없었다.

'3차전에 모든 걸 쏟아 붓는다.'

그라운드를 바라보는 콕스 감독의 주먹이 꽉 쥐어졌다.

9회 초, 브레이브스의 마지막 공격은 삼자범퇴로 허무하게 끝이 나고 말았다.

자동적으로 내셔널리그 디비전 시리즈 2차전은 다저스가 승리를 가져가며 마무리되었다.

제3장

무뎌진 도끼를 넘어서

하루의 짧은 휴식 뒤, 다저스 선수들은 공항에서 전용기에 탑승할 준비를 하고 있었다.

이미 2연승을 기록하고 챔피언십 시리즈까지 단 1승만을 남겨둬서인지 선수단의 분위기는 꽤나 밝았다.

"디비전 시리즈는 깔끔하게 3차전에서 끝내 버리자고. 토마호크 찹(Tomahawk Chop)인지 뭔지 두 경기 연속으로 보고 싶지 않으니까."

기븐스의 장난스러운 이야기에 그 옆에 서 있던 존슨이 피식 웃어 보였다.

"후후. 기분 나쁜 응원이지."

"토마호크 찹이 뭔데 그래요?"

피식거리며 고개를 절레절레 젓던 기븐스와 존슨은 바로 옆에서 들려온 목소리에 황당한 표정을 지어 보였다.

하지만 물음을 건넨 이가 민우라는 것을 알고는 그럴 수도 있다는 듯한 표정으로 고개를 끄덕였다.

"아, 넌 모를 수도 있겠네."

"브레이브스의 전통적인 응원 방식 중 하나야. 브레이브스의 상징이 도끼잖아?"

민우도 그 정도는 알고 있다는 듯, 고개를 끄덕거렸다.

"예."

"아메리카 원주민들이 사용하던 손도끼를 토마호크라고 하는데, 브레이브스가 이걸 가지고 무시무시한 응원을 벌이거든."

기븐스는 그 응원 장면이 다시 떠올랐다는 듯, 미간을 살짝 찌푸리며 질린다는 듯한 표정을 지었다.

그리고 설명을 더 이어간 것은 존슨이었다.

"손도끼를 위에서 아래로 휘두르는 듯한 제스처를 보이면서, 이상한 소리를 내거든. 근데 그게 한두 명이면 모를까 수만 명이 그러고 있으니 우릴 반으로 쪼개 버릴 것만 같다고. 이러니 얼마나 아찔하겠냐."

민우는 머릿속에 잠시 다저스의 응원을 떠올렸다.

파란 손수건을 흔들며 응원을 하는 다저스의 팬들이 사라지고, 갑자기 붉은 물결의 브레이브스 팬들이 손도끼를 내려치는 모습으로 바뀌자 순간적으로 온몸에 소름이 돋는 느낌이었다.

하지만 이때까지 민우는 이 응원의 압도적인 모습을 제대로 인지하지 못하고 있었다.

"아무튼 그런 걱정은 할 필요가 없어. 우리가 4차전까지 갈 일은 없을 테니까. 우리한테는 그 유명한 우승 전도사, 민우 님이 계시잖냐."

존슨의 입에서 자신의 이름이 나오자 조용히 입을 다문 채 생각에 잠겨 있던 민우의 눈이 순간 둥그레졌다.

"예? 저요?"

민우가 짐짓 아무것도 모른다는 듯이 반응하자, 존슨이 피식 웃으며 민우의 등을 두드렸다.

팡팡!

"그래. 너 인마! 우승 전도사 같은 엄청난 별명을 가진 녀석이 너 말고 또 누가 있어? 귀신처럼 두 경기 연속 홈런을 날린 것도 너고, 결승 득점, 결승 타점을 만든 것도 너잖아. 기왕 홈런 쇼 시작한 거, 3차전에도 하나 날려주라. 응?"

존슨은 마치 민우가 수락하면 홈런이 하늘에서 떨어질 것이라고 생각하는 듯했다.

민우는 그런 존슨의 부탁 아닌 부탁에 황당함이 섞인 웃음을 지으면서도 가볍게 고개를 끄덕였다.

"존슨이 그렇게까지 말씀하시면 하나 때려는 드리죠. 뭐. 덤으로 그 토마호크인지 뭔지, 다시는 못 쓰게 반으로 부러뜨릴게요."

민우의 능청스러운 대답에 장난스럽게 부탁했던 존슨도, 그 모습을 옆에서 지켜보던 기븐스도 웃음을 빵 터뜨리고 말았다.

"좋아! 그런 패기! 그런 패기를 원한다고! 우하하!"

"이놈 보소? 큭큭."

그러면서도 한편으론 믿음이 간다는 듯, 민우를 향해 신뢰의 시선을 보내는 둘이었다.

그런 둘의 시선에 민우도 기분이 좋다는 듯, 가볍게 웃음을 보이고 있었다.

띠링!

[히든 퀘스트―9월 NL 이달의 선수 선정. 결과.]

―내셔널리그 9월 '이달의 선수'로 선정되었습니다.

―9월 한 달간, 압도적인 기록으로 다른 선수들을 압도하며 명실상부 내셔널리그 최고의 선수로 인정받았습니다.

―퀘스트 성공 보상으로 500포인트가 지급됩니다.

―본 퀘스트는 발생 횟수에 제한이 없습니다.

'어?'

민우는 순간 눈앞에 떠오른 메시지에 놀라고 말았다.

'이게 뭐지? 이달의 선수? 내가 이달의 선수에 선정됐다고?'

갑작스레 떠오른 메시지의 내용은 놀라웠다.

이달의 선수.

한 달에 양대 리그에서 단 한 명만이 받을 수 있는 타이틀 중 하나였다.

민우가 허공을 보며 놀란 표정을 짓자 기븐스와 존슨이 의문이 섞인 표정으로 민우와 허공을 번갈아 보기 시작했다.

'얘 왜이래?'

'장난치는 건가?'

그런 생각과 함께 잠시 민우를 바라보고 있던 기븐스와 존슨은 한곳에 고정된 채 멈춰 있는 민우의 시선에 순간 소름이 돋는다는 듯한 표정으로 서로를 바라봤다.

그러고는 서로 같은 생각을 했다는 것을 깨닫고는 민우에게서 몇 걸음을 물러섰다.

"뭐, 뭐야? 왜 저러고 허공을 바라보는 거야?"

"몰라. 나한테 물어보면 내가 어떻게 알아. 민우 저거, 귀신이라도 보고 있는 거 아니야?"

덩치에 어울리지 않게 벌벌 떨고 있던 기븐스와 존슨은 조심스레 민우의 앞으로 다가가 손을 휘휘 저으며 민우의 상태를 확인했다.

그리고 그 순간, 민우의 눈이 허공에서 기븐스와 존슨에게로 휙 하고 돌아갔다.

"으악!"

민우와 눈이 마주친 존슨이 순간적으로 내지르는 비명에 주변에 흩어져 있던 선수들의 시선이 잠시 존슨에게로 향했다.

기븐스 역시 비명을 지르지는 않았지만, 놀란 기색이 역력한 표정으로 가슴을 쓸어내리고 있었다.

그리고 곧 민우의 입이 천천히 움찔거리는 모습에 두 선수는 동시에 침을 꿀꺽 삼켰다.

하지만 그 입에서 나온 것은 그들이 예상했던 공포스러운 목소리가 아니었다.

"혹시 제가 이달의 선수에 선정됐나요?"

민우의 입에서 튀어나온 궁금함이 담긴 목소리에 기븐스와 존슨은 잠시 얼떨떨한 표정을 지어 보이더니 빠르게 고개를 저었다.

"아… 니. 잘 모르겠는데."

"한번 찾아볼까?"

존슨은 아직 긴장이 가시지 않은 듯한 표정으로 스마트폰을 꺼내 들었다.

그리고 잠시 뒤, 존슨이 놀란 표정으로 민우를 바라보더니 천천히 스마트폰을 내밀었다.

"민우. 너, 이달의 선수에 선정됐데. 조금 전에 뉴스 기사가 올라왔는데? 이야~ 축하한다!"

존슨의 말을 들은 민우의 시선은 곧 스마트폰의 화면으로
향했다.

강민우(LA다저스)가 9월 이달의 선수로 선정됐다. 메이저리그
사무국은 9월 한 달 동안 21개의 홈런과…(중략)…70타석을 넘긴
선수들 중 5할이 넘는 타율을 기록한 것은 강민우가 유일하다. 여
기에 다저스를 지구 우승으로 이끈 공로까지 인정받아 이달의 선
수로……

기사의 내용을 확인한 민우의 입가에 황당하면서도 기쁨이
섞인 미소가 피어올랐다.

'정말 내가 이달의 선수로 선정된 거구나. 하하.'

이달의 선수.

시즌 전체를 두고 베스트 선수를 단 한 명만 선정하는
MVP와 같은 타이틀과 달리, 이달의 선수 타이틀은 시즌의 6분
의 1, 즉 한 달의 베스트 선수를 선정하는 것이었다.

1년에 단 한 명이 받는 MVP와 같은 타이틀에 비하면 그 가
치가 조금은 떨어졌지만 그럼에도 한 시즌에 양대 리그에서
각각 6명의 선수만이 받을 수 있는 상이었기에 충분히 가치가
있었다.

사실, 민우만 모르고 있었을 뿐, 메이저리그에 관심이 있는

대부분의 사람들은 민우가 9월의 이달의 선수로 선정되리라는 사실을 충분히 예측하고 있었다.

속된 말로 민우가 다저스의 멱살을 잡고 포스트 시즌까지 끌고 간 것이라고 해도 무방할 정도였으니 충분히 받을 만한 상황이었기 때문이다.

데뷔하자마자 이런 타이틀에 선정되었다는 것도 놀랍고도 기쁜 일이었다.

그리고 타이틀 수상에 더해 민우를 기쁘게 하는 것이 하나 더 있었다.

'500포인트!'

이달의 선수 선정으로 500포인트를 받게 된 것이었다.

비록 민우가 바라던 1,000포인트까지는 아니었지만, 그래도 가만히 있는데 하늘에서 포인트가 뚝 떨어진 것이나 마찬가지였다.

'포인트가 지금 얼마나 있지?'

궁금함을 해결하기 위해선 상점을 열어봐야 했다.

지금 확인해 볼까 하는 표정을 짓던 민우는 이내 가볍게 고개를 저었다.

'어차피 당장은 필요 없으니까. 비행기에서 확인해 보자.'

곧, 다저스의 선수들이 전용기에 탑승하기 위해 이동을 시작했고, 민우도 그들과 함께 천천히 전용기에 오르기 시작했다.

'아… 모자라네.'

포인트 상점을 확인한 민우의 표정이 살짝 흔들렸다.

'잔여 포인트 8,230.'

상점이 새로이 갱신되었지만, 아쉽게도 '존재감' 특성의 가격은 떨어지지도, 올라가지도 않으며 3,300포인트의 가격을 유지하고 있었다.

부상을 대비해 만병통치약을 구입할 비용인 5,000포인트를 제외하면 가용 포인트는 정확히 3,230포인트였다.

'존재감' 특성을 구입하기 위해서는 70포인트가 모자랐다.

'아쉽지만 어쩔 수 없나. 그래도 3차전에서 70포인트만 모은다면 구입할 수 있게 되니 다행이라고 해야겠지.'

민우는 곧 생각을 긍정적으로 바꾸었다.

하늘에서 떨어진 500포인트 덕분에 챔피언십 시리즈에서는 '존재감' 특성을 사용할 수 있게 된 것이나 마찬가지였기 때문이었다.

민우는 곧 고개를 끄덕이고는 천천히 상점을 종료하고는 3차전 선발투수로 예정된 팀 허드슨의 스카우팅 리포트를 살펴보기 시작했다.

기븐스와 존슨은 멀찍이 앉아서 생각에 잠긴 듯한 민우의 모습을 대단하다는 듯한 시선으로 바라보고 있었다.

"데뷔하자마자 기록행진에다가 이젠 이달의 선수 선정이라니. 우리가 정말 복덩이를 얻었구나."

기븐스의 이야기에 존슨이 시선을 돌리며 미소를 보이다가 무언가 떠오른 듯, 굳은 표정으로 천천히 입을 열었다.

"그건 그렇지. 그런데 말이야. 민우 쟤는 어떻게 알고 우리한테 그거에 대해서 물어본 거야?"

존슨이 떠올린 갑작스러운 의문에 기븐스의 표정도 순간적으로 굳어졌다.

곧, 기븐스와 존슨의 시선이 다시금 민우에게로 향했고, 민우가 종전과 마찬가지로 허공에 시선을 고정하고 있는 모습을 보고는 그 안색이 다시금 새하얗게 질려갔다.

같은 시각.

민우의 '이달의 선수' 수상 사실을 확인하고 아쉬워하는 이와 안도의 한숨을 쓸어내리는 이가 있었다.

"아… 이달의 선수도 옵션으로 넣었어야 했는데. 실책이야."

"후우. 이거, 이달의 선수 옵션까지 넣어줬다면 피를 토했겠군."

전자는 민우의 에이전트인 퍼거슨이었고, 후자는 다저스의 단장인 콜레티였다.

그렇게 민우의 이달의 선수 수상은 각자의 사정에 따라 다양한 감정을 이끌어내고 있었다.

그리고 그 당사자는 브레이브스와의 3차전을 준비하고 있었다.

브레이브스의 홈구장인 터너 필드는 애틀랜타의 다운타운에서 약간 떨어진 지역에 위치해 있었다.

이 지역은 교통이 혼잡하고 해를 거듭할수록 슬럼화의 진행이 심각해 경기장을 찾는 브레이브스의 팬들이 점점 줄어드는 추세였다.

하지만 가을 야구의 탈락이냐 생존이냐라는 운명이 걸린 내셔널리그 디비전 시리즈 3차전이 열리는 날인 만큼, 관중석은 빈 곳을 찾아보기 힘들 정도로 빼곡히 들어찬 모습이었다.

사실 애틀랜타 브레이브스는 1991년부터 2005년까지 무려 14번의 지구 우승과 5차례 리그 우승을 이룰 정도로 부흥을 이루었던 팀이었다.

올 시즌도 9월 초까지만 하더라도 지구 1위를 차지할 정도로 쾌조의 성적을 보이고 있었다.

하지만 브레이브스의 결점 중 하나가 뒷심이 부족하다는 것이었다.

브레이브스는 화려한 시즌을 끝내고 가을이 오면, 마치 마지막 불꽃을 태운 것처럼 좌절을 맛보고는 했다.

그리고 올해 역시 그런 별명이 틀린 것이 아니라는 듯, 가을 야구의 시작인 디비전 시리즈가 시작되자 다저스에게 1, 2차전을 내리 내어 주며 고전을 면치 못하고 있었다.

하지만 브레이브스 팬들의 마음속에서 브레이브스는 영원한 강팀이었고, 홈에서만큼은 승리를 차지하리라는 믿음을 가지고 있었다.

그리고 그 믿음은 근거가 없는 것만은 아니었다.

올 시즌, 브레이브스가 홈에서 기록한 성적은 56승 25패, 승률 0.691.

이러한 기록이 말해주듯 브레이브스는 홈에서 유달리 강한 면모를 보이는 팀 중 하나였다.

* * *

'저게 그 토마호크인가? 이렇게 보면 귀여운데.'

그라운드에서 몸을 풀던 민우의 시야에 관중석의 한 꼬마가 들고 있는 붉은 빛깔의 스펀지 도끼가 들어왔다.

소녀는 비장한 표정으로 도끼를 만지작거리고 있었는데 민우와 눈이 마주치자 조용히 도끼를 머리 위로 들어 위아래로 흔들었다.

도끼를 휘두르는 그 모습이 귀여우면서도 한편으론 괴기스러운 느낌이 들자 민우는 어색한 웃음을 짓고 말았다.

"하하……."

"지금은 웃음이 나오지?"

옆에서 나란히 몸을 풀던 기브스가 그 모습을 발견하고는 가볍게 한마디를 내뱉었다.

"저게 그렇게 무서워요?"

아직은 이해가 되지 않는다는 듯한 민우의 물음에 기븐스가 고개를 절레절레 저으며 한 곳을 가리켰다.

민우의 시선도 기븐스의 손가락을 따라 돌아갔다.

그러고는 곧 놀라움에 두 눈을 크게 뜨고 말았다.

"헉!"

민우의 시선이 닿는 곳에는 집에서 만들어온 것인 듯, 사람 키만 한 대형 도끼를 든 관중이 민우를 바라보며 썩은 미소를 날리고 있었다.

민우는 그런 관중을 당황스러운 표정으로 바라보며 다시금 헛웃음을 내뱉고 말았다.

"아하하하……."

"마음의 준비 단단히 해둬. 조금 이따가 심장이 울린다는 게 뭔지 알게 될 테니까."

민우는 기븐스의 이야기에 침을 꿀꺽 삼키며 앞으로 벌어질 일을 상상했다.

둥! 둥! 둥! 둥!

둥! 둥! 둥! 둥!

"워어워어오~~ 워어오~ 우~~ 워어오~~"

"워어워어오~ 워어오~ 우~ 워어오~"

전쟁터에서 진격을 알리는 듯한 북소리가 울려 퍼지기 시작했고, 곧 브레이브스 팬들이 일제히 손에 든 도끼를 위에서 아래로 휘두르기 시작했다.

그리고 다저스를 찍어 누르겠다는 듯, 힘이 실린 목소리로 응원가를 부르기 시작했다.

북소리와 브레이브스 팬들의 목소리, 그리고 사방에서 위에서 아래로 휘둘러지는 붉은 빛깔의 도끼는 압도적인 분위기를 만들어내고 있었다.

'허……'

민우는 사방에서 울려 퍼지는 북소리와 브레이브스 팬들의 단결된 응원 소리에 심장이 울리며 몸이 굳어지려 하는 것에 당황스러운 표정을 짓고 있었다.

바로 옆에 서 있던 기븐스는 이제야 알겠냐는 듯한 표정으로 민우의 어깨를 두드릴 뿐이었다.

"분위기가 정말 죽이네요. 브레이브스가 홈에서 왜 그렇게 승률이 좋은지 이제 알 것 같아요."

"메이저리그에서 가장 험악한 응원 중 하나니까. 브레이브스를 상대해야 하는 팀들로서는 중요한 상황마다 이런 압도적인 분위기에서 임해야 하거든."

기븐스의 이야기에 민우는 이제야 모든 것이 이해가 된다는 듯 고개를 끄덕였다.

하지만 그렇다고 계속해서 압도당하고 있을 생각은 없었다.

압도적인 응원에는 압도적인 실력으로 답해주면 그만이었다.

"저들한테 밀릴 순 없죠. 도끼에 찍혀 눌리기 전에 배트로 쪼개 버리죠. 기븐스, 오늘도 홈런볼 챙겨 왔죠?"

민우의 반응에 기븐스가 만족스럽다는 듯한 표정으로 고개를 끄덕였다.

"그럼. 이미 한 봉지 털어 넣었다고."

기븐스는 디백스 전에서 2경기 연속 홈런을 날린 이후, 홈런볼을 완전히 맹신하고 있었다.

비록 켐프의 복귀로 인해 선발 좌익수 자리에서 밀려났지만 켐프가 경기 후반에 언제라도 대타로 출전할 가능성은 있었다.

민우는 그런 기븐스의 반응에 주먹을 들어 올렸고, 기븐스도 주먹을 들어 맞부딪히며 경기에 임할 마음을 다잡았다.

터너필드의 마운드 위에는 브레이브스의 3선발, 팀 허드슨이 연습 투구를 하며 몸을 풀고 있었다.

허드슨은 평균 90마일 초중반대의 싱커와 80마일 중후반대의 슬라이더를 주무기로 삼으며 간간히 체인지업이나 스플리터를 뿌리기도 했다.

전체 투구수의 절반이 싱커일 정도로 땅볼 유도형 투수였고, 올 시즌 땅볼, 플라이볼 비율이 2에 달할 정도로 강력한 모습을 보이고 있었다.

'로우와 비슷하면서도 다르다.'

민우는 잠시 로우를 떠올렸지만 곧 고개를 저었다.

로우 역시 싱커를 주무기로 삼고 있었지만 노쇠화로 인해 방어율과 피안타율이 꾸준히 상승하고 있었다.

하지만 로우보다 2살이 어린 허드슨은 2008시즌, 토미 존 서저리 수술을 받았음에도 지난 시즌 막판에 복귀하면서 몸을 풀더니, 올 시즌 위력적인 싱커—슬라이더의 조합을 통해 시즌 17승, 방어율 2.83, 피안타율 0.229라는 기록을 거두며 브레이브스의 실질적인 에이스 역할을 톡톡히 해내고 있었다.

특히 2.48이라는 홈 방어율이 말해주듯 홈에서는 더욱 위력적인 모습을 보였다.

이런 허드슨의 최대 강점은 팀이 밥상을 차려준다면 승리를 보장해 주는 보증수표와 같은 힘을 소유하고 있다는 것이었다.

허드슨은 팀이 3점 이상의 득점 지원을 해준 경기에서 통산 134승 2패 24노 디시전이라는, 너무나도 압도적이고도 위력적인 성적을 기록하고 있다.

팀이 3점 이상을 만든 경기에서의 패배가 단 2번뿐이라는 것은 그만큼 그가 선발투수로서 제 역할을 톡톡히 해냈다는 뜻이기도 했다.

'확실히 그럴 만도 해. 공의 움직임이 남달라.'

민우는 살짝 놀랍다는 듯한 시선으로 허드슨이 뿌리는 공을 바라보고 있었다.

'춤을 춘다'라는 표현이 정확히 어울리는 공이 허드슨의 싱커와 슬라이더였다.

허드슨의 손을 떠난 공은 바람을 타고 흔들리는 나뭇잎처럼 꿈틀거리며 시야를 현혹시키고는 우에서 좌로, 좌에서 우로 휘어져 들어가고 있었다.

'멀리서 보는 느낌이 이 정도라면… 타석에서는 더더욱 위력적이겠지.'

곧, 허드슨의 연습 투구가 끝이 났고 타석에는 1번 타자인 캐롤이 들어서며 경기가 시작되었다.

허드슨은 초반부터 공격적인 투구를 보이며 캐롤을 몰아붙이고 있었다.

1구와 2구로 뿌린 싱커가 모두 캐롤의 몸 쪽에 바짝 붙어 들어오며 노볼 2스트라이크가 만들어졌다.

그리고 곧, 와인드업 자세를 취한 허드슨이 빠른 템포로 3구를 뿌렸다.

슈우욱!

허드슨의 손을 떠난 공이 가볍게 흔들리더니 급격히 바깥쪽으로 휘어지기 시작했다.

3구로 선택한 공은 슬라이더였다.

하지만 볼카운트가 몰린 캐롤의 배트가 흘러나가는 공을 따라 돌아가고 말았다.

딱!

배트의 끝부분에 맞으며 힘없이 굴러간 타구는 1루 쪽 파울라인을 타고 흘러가더니 그대로 1루수의 글러브에 안착하고 말았다.

앞으로 두어 걸음을 나왔던 1루수는 천천히 뒷걸음을 치며 1루를 밟았다.

전력으로 달리며 끝까지 포기하지 않았던 캐롤이었지만, 그 노력이 무색하게 1루심은 가볍게 주먹을 들어 아웃임을 알렸다.

그 모습에 더그아웃의 벤치에 나란히 앉아 있던 기븐스와 존슨이 아쉬움의 탄식을 내뱉었다.

"힘드려나?"

"음. 조금 힘들지도."

민우 역시 그들의 생각과 다르지 않았다.

'구석구석을 찌르는 제구도 뛰어나고, 구속에 비해 공도 더 빨라 보여. 역시 꿈틀거리는 움직임 때문이겠지.'

허드슨의 공은 연습 투구에 비해 더욱 위력적으로 변해 있었다.

민우는 타석에 들어서기 전에 그 공을 최대한 눈에 익숙하게 만들기 위해 집중력을 더욱 끌어 올렸다.

따아악!

2번 타자인 이디어의 타구가 센터 방면으로 높게 떠올랐다.

하지만 워닝 트랙에 채 도달하지도 못한 채, 중견수인 엔키엘의 글러브에 빨려 들어가며 아웃 카운트가 2개로 늘어났다.

이디어의 스윙은 좋았고, 타이밍도 적당했지만 타구가 뻗어나가지 못했다.

바람이 센터 필드에서 내야 방향으로 불고 있기는 했지만, 바람이 불지 않았더라도 워닝 트랙에서 잡힐 정도의 타구였다.

결국 배트의 스위트 스폿에 제대로 맞추지 못했다는 것이었다.

'확실히 올 시즌의 성적이 괜히 만들어진 건 아니라는 뜻이겠지.'

최근 10여 년간의 통계자료에 의하면 터너 필드의 파크 팩터는 100에서 ±1~2 수준으로 대표적인 중립구장으로 꼽히고 있었다.

혹자는 브레이브스 투수들의 성적을 들어 터너 필드가 투수 친화적인 구장이라는 이야기를 하기도 했지만, 진실은 파크 팩터가 말해주고 있었다.

그리고 바로 지금, 눈앞에서 허드슨이 그 사실을 천천히 증명해 나가고 있었다.

'어느 한쪽에도 유리하거나 불리하지 않다는 건, 역시 선수 본연의 실력이 중요하다는 말이지. 그건 브레이브스나 우리나 마찬가지고.'

투수에게도, 타자에게도 쏠리지 않은 특성의 구장이었기에 투타의 적절한 조화야말로 승리의 열쇠라고 할 수 있었다.

캐롤과 이디어가 그랬던 것처럼, 3번 타자로 나선 블레이크 역시 3구 만에 유격수 땅볼로 물러나고 말았다.

민우는 세 타자를 연속 땅볼로 돌려세우는 허드슨의 구위에서 그가 왜 올 시즌, 메이저리그에서 가장 높은 땅볼 유도 능력을 자랑하는지를 어느 정도 느낄 수 있었다.

'뭐, 그렇다고 져줄 생각은 없지만.'

구위에 놀라긴 했지만 기마저 눌릴 생각은 없었다.

민우는 그런 생각과 함께 글러브를 챙겨 수비 위치로 달려나가며 1회 말을 맞이했다.

따악!

"와아아아!"

또 하나의 타구가 마운드에 부딪히며 불규칙하게 바운드되며 몸을 날린 캐롤의 글러브를 스쳐 지나갔다.

내야를 빠져나온 공이 민우에게로 빠르게 굴러오고 있었다.

곧, 빠르게 공을 집어 든 민우는 곧장 유격수에게로 신속하게 공을 뿌렸고, 매섭게 달리던 1루 주자는 3루로 향하지 못한 채, 2루에서 멈춰 서는 모습을 보였다.

자동으로 타자 주자는 1루에서 멈춰 섰다.

1번 타자인 인판테의 안타에 이어 2번 타자인 헤이워드가 연속 안타를 때리며 주자는 무사 1, 2루가 만들어지며 다저스는 1회부터 실점의 위기를 맞이했다.

민우는 천천히 수비 위치로 되돌아가며 생각에 잠겼다.

'구로다의 구위는 평소랑 별 차이가 없는데 연속 안타라. 이건 타자들이 노련하게 잘 친 거야.'

브레이브스 타자들의 출루 의지가 강했다.

그리고 운이 좋았다.

2개의 안타 모두 이렇게밖에 표현할 수 없을 정도의 안타였다.

마운드를 바라보니 구로다는 별다른 반응 없이 손으로 공을 문지르고 있었다.

주자 1, 2루 상황.

깊은 안타 하나면 실점을 피할 수 없는 상황이었다.

그리고 타석에는 3번 타자인 데릭 리가 들어서고 있었다.

시즌 19홈런을 기록하고 있는 타자인 만큼, 그 펀치력을 조심해야 했다.

'헤이워드랑 마찬가지로 한 방이 있는 타자니까. 혹시 모를

상황을 대비해야겠지.'

민우 역시 그 펀치력을 알고 있었기에 헤이워드를 상대할 때와 마찬가지로 평소의 수비 위치보다 두세 걸음 정도를 뒤로 물러나며 장타에 대비할 준비를 마쳤다.

그리고 다시금 붉은 물결이 사방에서 요동치며, 웅장한 목소리가 귓가를 울리기 시작했다.

"워어워어오~~ 워어오~ 우~~ 워어오~~"

"워어워어오~ 워어오~ 우~ 워어오~"

'허…….'

브레이브스 팬들의 단체 응원은 경기가 시작하기 전의 것과는 또 다른 느낌을 주고 있었다.

'이거 신경을 쓰지 않으려야 않을 수가 없네.'

도끼를 내리찍는 것이야 외면하면 그만이었지만, 그들의 하나된 목소리가 몸을 타고 울리는 것은 어떻게 막을 수가 없었다.

'이거, 구로다도 은근히 신경 쓰이겠는데?'

민우는 그런 걱정과 함께 천천히 몸을 숙여 수비에 임할 준비에 들어갔다.

바라하스와 빠르게 사인을 교환한 구로다는 글러브를 들어 올리며 2루를 잠시 바라보다가 빠른 동작으로 공을 뿌렸다.

슈우욱!

구로다의 손을 떠난 공이 스트라이크존의 바깥쪽으로 들어가다 급격히 존 안쪽으로 휘어지기 시작했다.

그런데 그 높이가 아주 살짝 높아 보였다.

그리고 그 미묘한 차이가 데릭 리에게는 매력적으로 보이고 있었다.

따악!

매섭게 돌아나온 배트가 구로다의 싱커를 그대로 강타했고, 약간은 둔탁한 타격음이 들려왔다.

데릭 리의 배트에서 쏘아진 타구는 라인드라이브의 궤적을 그리며 좌중간 방면으로 빠르게 날아가기 시작했다.

그 모습에 브레이브스의 팬들이 도끼를 이리저리 휘두르며 환호성을 내지르기 시작했다.

"와아아아아!!"

"우오오오!"

타다다닷!

그리고 그 타구보다 더 빠르게 스타트를 끊은 민우가 낙구 지점을 향해 매섭게 달려가고 있었다.

─쳤습니다! 좌중간으로 향하는 라인드라이브! 강민우 선수가 쫓아가는데요!

낙구 지점은 민우가 수비를 위해 서 있던 위치에서 지근거리였지만, 타구의 궤적이 워낙에 낮으면서도 날카롭게 휘어지고 있었기에 노바운드로 잡는 것은 그리 쉽지 않아 보였다.

그리고 그걸 증명하듯 민우의 시야에 보이는 낙구 지점과 타구의 궤적을 알려주는 라인은 핏빛과 같은 붉은색으로 물들어 있었다.

'놓치면 바로 실점이다. 하지만……'

순간적으로 '대도' 스킬을 사용할지 고민했던 민우는 스킬을 사용하는 대신, 다리 근육을 더욱 조이며 더욱 탄력을 붙였다.

'잡지 못할 정도는 아니야!'

타다다닷!

타구는 몇 초도 채 되지 않아 낙구 지점에 거의 도달해 있었고, 민우 역시 어느새 낙구 지점까지 수 미터를 남겨두고 있을 뿐이었다.

'지금!'

탓!

순간, 타이밍을 재던 민우가 그라운드를 박차고 공중으로 몸을 날렸다.

민우가 공중에 몸을 띄운 채, 수 미터를 날아가는 모습에 브레이브스의 팬들이 순간 입을 벌리고 멍하니 그 모습을 바라봤다.

2루 주자였던 인판테는 민우의 매서운 움직임에 천천히 2루로 되돌아가며 일찌감치 리터치를 준비하고 있었다.

민우의 외야 수비 실력은 이미 메이저리그에서도 꽤나 유명세를 탄 상태였고 인판테 역시 그 사실을 두 눈으로 본 상태였기 때문이었다.

아직 1회 말이었고 무사 상황이었다.

굳이 무리한 주루 플레이로 초반부터 분위기를 싸하게 만들 필요는 없었다.

그리고 스스로의 빠른 발을 믿고 있었기에 스타트가 늦어도 충분히 홈까지 갈 수 있다고 생각하고 있는 인판테였다.

그렇게 모두의 시선이 쏠린 순간, 민우가 뻗은 글러브가 낙구 지점에 들어섰고, 타구가 글러브의 끝부분에 아슬아슬하게 걸려 들어갔다.

팍!

촤악!

—와우!! 잡았어요! 강민우 선수의 환상적인 다이빙 캐치! 펜스 방향으로 그대로 몸을 날리며 데릭 리의 타구를 걷어냈습니다!!

민우는 글러브를 오므리며 혹시나 공이 튕겨 나가지 않게 한 뒤, 미끄러지던 몸을 빠르게 일으켰다.

그러고는 빠른 동작으로 공을 꺼내 강하게 내야로 뿌렸다.

슈우욱!

2루에서 일찌감치 준비를 하고 있던 인판테는 이미 3루를 향해 폭풍 질주를 하고 있었다.

—2루 주자! 리터치! 3루로! 뜁니다! 강민우 선수의 송구도 3루로! 3루에서!

타다다닷!

멀찍이 보이던 3루가 순식간에 코앞으로 다가와 있었다.

격하게 흔들리는 시야에 3루 코치가 거의 땅에 붙이다시피 양손을 아래로 내리며 슬라이딩 시그널을 보내는 모습이 보이고 있었다.

인판테는 그 모습에 곧장 몸을 날리며 3루수인 블레이크의 움직임을 예의 주시했다.

쑤아악!

그리고 순간, 오른쪽에서부터 앞쪽으로 무언가 스쳐 지나가는 소리가 들려왔다.

팍!

눈을 한 번 깜빡였을 뿐인데, 블레이크의 글러브가 말아 쥐어져 있었고, 3루 베이스와 그 다리 사이로 위치가 옮겨져 있었다.

툭!

'어?'

블레이크의 태그와 인판테의 베이스 터치가 거의 동시에 이루어진 상황이 만들어지자 터너 필드에 들어서 있는 모든 이의 시선이 3루심에게로 쏠렸다.

옆으로 두 걸음을 움직이며 천천히 손을 들어 올린 3루심이 몸이 휘청거릴 정도로 주먹을 앞으로 휘둘러 보였다.

"아웃!"

3루심의 판정은 아웃이었다.

멀리서 3루심을 뚫어져라 바라보고 있던 민우가 그제야 미소를 지으며 주먹을 불끈 쥐어 보였다.

"됐어!"

마운드에서 그 모습을 바라보며 환하게 웃고 있던 구로다는 민우와 시선이 마주치자 양손을 머리 위로 들어 올려 박수를 치며 고마움을 전했다.

—아웃! 아웃입니다! 3루심의 판정은 아웃! 2루 주자였던 인판테까지 아웃되면서 아웃 카운트는 순식간에 2개로 올라갑니다! 무사 주자 1, 2루 상황에서 2사 주자 1루 상황으로 바뀌고 알았습니다.

—와~ 호수비에 이은 엄청난 송구가 나왔는데요. 다시 봐도 정말 대단하네요. 이건 마치 슈퍼맨이 현실에 나타났다고 해도 과언이 아닐 정도로 정말 엄청난 슈퍼 캐치였어요! 거기에 스텝도 밟지 않고 뿌린 송구였음에도 2루 주자까지 완벽히

잡아냈어요! 빠른 발에 엄청난 어깨까지! 정말 환상적입니다!

—이 판정에 브레이브스의 팬들의 불만이 폭발하고 있습니다. 인판테 역시 3루심을 바라보며 무언가 중얼거리고 있는데요. 3루심은 단호하게 고개를 젓고 있습니다.

"우우우우우!!!"

"눈을 어디다 달고 다니는 거냐!!"

"그게 세이프지! 어떻게 아웃이야!"

"도끼로 찍어버린다!"

관중들의 응원가와 환호성으로 가득하던 터너 필드에는 민우의 호수비에 이은 3루심의 판정과 함께 저음의 야유 소리가 쏟아져 나오기 시작했다.

그 야유 소리는 3루심에게 가볍게 불만을 표시하던 인판테가 더그아웃으로 향하고 나서야 천천히 잦아들었다.

플라이 아웃에 이어 3루에서 연달아 아웃을 당하는 바람에 뜨겁게 달아오르던 브레이브스의 분위기는 싸늘하게 식어버렸다.

브레이브스의 팬들은 식어버린 분위기를 다시 달구기 위해 응원가를 목청껏 불러대기 시작했다.

하지만 구로다는 뒤가 든든하다는 것을 다시금 깨닫고는 귀를 닫아버린 채 4번 타자인 맥캔을 상대했다.

그리고 공 4개 만에 맥캔을 헛스윙 삼진으로 돌려세우며 길고도 짧았던 1회 말을 마무리 지었다.

2회 초.
넘어온 분위기를 쉽게 빼앗기지 않겠다는 듯, 로니의 배트가 초구부터 불을 뿜었다.

슈우욱!

따아악!

정갈한 타격음과 함께 우측으로 제대로 당겨진 타구가 하늘을 찌를 듯 뻗어가고 있었다.

로니는 자신이 때린 타구를 잠시 바라보다가 배트를 가볍게 옆으로 던진 채 천천히 다이아몬드를 돌기 시작했다.

―오른쪽으로 쭉쭉 뻗어가는 타구! 그대로 펜스~ 넘어 갑니다! 로니 선수의 기습적인 초구 솔로 홈런이 만들어집니다!

―초구부터 거침없이 배트를 휘두르며 자신이 다저스의 4번 타자라는 것을 증명해 내는 로니 선수! 이 홈런으로 다저스가 1, 2차전에 이어 3차전에서도 0의 균형을 먼저 깨뜨리며 한발을 앞서나갑니다!

1회부터 세 타자에게 초구부터 과감한 스트라이크 공략을 들어갔고 계속해서 공격적인 투구를 보였던 허드슨이었다.

그만큼 그 구위가 뛰어나기도 했고, 그 자신감도 넘치고 있었다.

비록 세 타자였지만 그 모습을 기억하고 있던 로니가 초구부터 노림수를 가져갔고, 허드슨이 초구 스트라이크를 잡기 위해 찔러 넣은 공을 노려 치며 홈런을 만들어낸 것이었다.

"나이스 홈런!"

홈 플레이트를 밟는 로니와 하이파이브를 나눈 민우가 천천히 배터 박스로 들어섰다.

불의의 홈런에 다음 타자가 1, 2차전에서 대활약을 한 민우였기에 흔들릴 법도 했지만 허드슨의 표정에는 그리 큰 변화가 보이지 않고 있었다.

민우는 그 모습이 의외라는 생각을 하면서도 가볍게 고개를 끄덕였다.

'날 그리 신경 쓰지 않는다는 건가? 아니. 그만큼 연륜이 있다는 뜻이겠지. 그런 기록은 아무나 세울 수 있는 게 아니니까.'

통산 기록에서 팀의 득점 지원이 3점 이상이었을 때 패배를 기록한 경우가 겨우 두 번뿐이라는 것.

이런 기록은 투수 그 자신의 구위나 멘탈, 위기관리 능력 등의 조화가 뛰어나다는 뜻이기도 했다.

―허드슨 선수는 8월 이달의 투수상을 수상하는 영광을 안았었는데요. 마침 강민우 선수가 9월의 이달의 선수상을

수상했다는 소식이 전해졌었죠?

—예. 포스트 시즌에서 이달의 투수와 이달의 선수가 대결을 하는 것을 보는 것도 하나의 재미라고 할 수 있겠네요.

—과연 오늘 경기에서 누가 미소를 지을 수 있을지, 그 첫 번째 대결이 시작됩니다. 투수 와인드업!

잠시 마운드를 바라보며 정신을 집중한 허드슨이 하이 키킹과 함께 강하게 공을 뿌렸다.

슈우우욱!

민우의 스트라이크존의 바깥으로 휘어지는 듯 보이던 공이 아주 미미한 변화만을 보이며 스트라이크존의 경계를 스쳐 지나갔다.

팡!

"스트라이크!"

지금껏 봐왔던 궤적과 달리 그 움직임이 반절로 줄어든 모습에 민우의 입이 동그랗게 말렸다.

'워우.'

스트라이크존으로 흘러나가리라고 판단한 공이 스트라이크존에 꽂히는 모습을 보였기 때문이었다.

마치 로니에게 홈런을 맞은 것은 본 실력을 드러내지 않아서라고 말하는 것처럼 느껴지고 있었다.

'물론 그럴 리는 없겠지만, 비장의 수가 있다 이거겠지.'

특급 투수들은 하나의 구종으로도 그 궤적의 변화를 두 가지 이상으로 만들 수 있었다.

그리고 허드슨 역시 그런 투수 중의 한 명이었다.

가볍게 배트를 휘두르며 허드슨을 바라봤지만, 그 표정은 여전히 무뚝뚝함이 묻어나오고 있었다.

한 방을 맞은 것에 연연하지 않고 초구부터 스트라이크를 꽂아 넣는 그 담대함에는 박수를 쳐줄 만했다.

하지만 두 번 이상 놓쳐 줄 생각은 없었다.

변화가 다양할수록 상대하는 것에 껄끄러움이 생겼지만, 그렇다고 대응이 불가능한 것은 아니었다.

특히나 90마일 초반의 구속이라면 그 성공률은 더욱 높아졌다.

'붙어보자고.'

곧, 사인 교환을 마친 허드슨이 다시 한 번 하이 키킹과 함께 매섭게 공을 뿌리기 시작했다.

2구는 같은 궤적으로 날아와 조금 더 휘어져 나가며 볼을, 3구는 몸 쪽을 파고드는 슬라이더로 다시 한 번 볼이 되었다.

1스트라이크를 먼저 잡았음에도 내리 2개의 볼을 내어 주며 2볼 1스트라이크 상황이 만들어졌다.

타자에게 유리한 볼카운트였다.

민우는 한 발을 뒤로 빼고는 장갑을 다시 조이면서 생각에 잠겼다.

'몸 쪽 공을 던졌다는 건, 노림수가 있다는 건가?'

투수들이 몸 쪽 공을 던질 때, 열에 아홉은 노림수가 있었다.

한 예로 타자가 대응하기 힘든 몸 쪽 공을 던져 타자의 타격 밸런스를 흐트러뜨린 뒤, 바깥쪽으로 승부를 거는 경우가 있었다.

'하지만 제구가 좋은 투수니까, 다시 한 번 몸 쪽에 공을 꽂아 넣을 수도 있어.'

오늘 허드슨의 공은 위력적이었고, 원하는 곳에 꽂아 넣는 능력까지 겸비하고 있었다.

이렇게 긁히는 날이라면 충분히 다시 한 번 몸 쪽 승부가 들어올 법도 했다.

하나의 결정을 내린 민우가 배트를 다잡고는 천천히 배터 박스에 자리를 잡았다.

곧, 사인 교환을 마친 허드슨이 잠시 마운드를 내려다보다가 하이 키킹과 함께 힘차게 공을 뿌렸다.

슈우우욱!

'어디냐!'

허드슨의 손을 떠난 공은 스트라이크존의 한가운데를 향해 날아오고 있었다.

그런데 좌로도, 우로도 변화를 보이지 않고 있었다.

'이런!'

찰나의 순간, 민우는 포심 패스트볼이라는 것을 깨달았다.

그리고 본능적으로 몸이 반응해 배트를 휘둘렀다.

따악!

하지만 찰나의 틈은 허드슨의 공에 배트가 밀리게 만들고 말았다.

'크으.'

민우는 손을 타고 올라오는 진한 울림에 미간을 찌푸렸다.

총알같이 쏘아진 타구는 3루수와 2루수 사이를 가를 듯 날아가고 있었다.

그리고 순간, 3루수인 인판테가 동물적인 감각을 보이며 몸을 날렸다.

팍!

인판테의 글러브에 타구가 강하게 부딪히며 힘을 잃고 말았다.

하지만 타구에 실린 힘이 강했던 나머지, 민우의 타구가 글러브를 맞고 튕겨 나오는 모습이 보였다.

─3루수! 몸을 날립니다만! 그대로 굴절되는 타구! 유격수도 잡지 못합니다!

백업을 위해 달려왔던 유격수와 타구의 방향이 서로 엇갈리고 말았고, 뒤늦게 다시 뒤를 돈 유격수가 공을 주워 들었다.

그사이 민우는 가볍게 1루 베이스를 밟고 지나 몇 걸음을 더 나아간 뒤였다.

—그사이 타자 주자는 여유 있게 1루를 밟습니다! 로니의 홈런에 이은 강민우 선수의 안타로 여전히 아웃 카운트 없이 다저스의 공격이 계속됩니다.

브레이브스에게는 불운이, 다저스에게는 행운이 따라준 안타가 만들어졌다.

직전 이닝, 민우의 송구로 아슬아슬하게 아웃을 당했던 인판테였기에 자리에 그대로 엎드린 채, 아쉬운 표정을 드러내고 있었다.

천천히 속도를 줄인 민우가 몸을 돌려 숨을 몰아쉬고는 인판테를 바라봤다.

'후우. 이걸 건드릴 줄이야. 홈 버프라도 받은 거냐.'

타이밍은 어긋났지만 타구의 속도는 내야를 빠져나가기에 충분해 보였다.

하지만 3루수인 인판테가 마치 먹이를 노리는 맹수처럼 몸을 날려 공을 건드린 것이었다.

만약 타구의 힘이 조금만 약했더라면 그대로 라인드라이브 아웃을 당했을 상황이었다.

'실책이다. 한 가운데는 항상 생각하고 있어야 했는데.'

1루 베이스를 밟은 채, 장갑을 벗던 민우의 미간이 가볍게 찌푸려졌다.

허드슨의 제구력에 신경을 쓴 나머지 한가운데의 노림수를 가져올 수도 있다는 점을 망각한 것은 큰 실책이었다.

이로 인해 결국 약간 늦은 반응을 보였고, 홈런을 때릴 수 있었던 기회를 날려 버리고 말았다.

그나마 다행이라면 주자가 없는 상황이었다는 것이었다.

하지만 아쉬움은 길지 않았다.

이제 겨우 첫 타석이었고 실수는 다음 타석에서 얼마든지 만회할 수 있었다.

'이렇게 출루하게 된 이상… 역시 내가 할 일은 도루뿐이지.'

타석에는 6번 타자로 나선 켐프가 들어서고 있었다.

켐프의 펀치력을 믿지 못하는 것은 아니었지만, 홈런을 날릴 것이라고는 장담할 수도 없었다.

'2루까지만 가자. 그럼 안타 하나면 충분해.'

목표를 정한 민우가 천천히 리드 폭을 벌려 나갔다.

그러자 브레이브스의 포수, 맥캔의 신경도 민우에게로 향하기 시작했다.

민우의 리드 폭이 넓어질수록 맥캔의 미간의 주름 또한 더욱 깊어져 갔다.

이미 1, 2차전 합계 3개의 도루를 기록한 민우였다.

인정하기 싫었지만 스스로 생각해 보아도 그 자신의 어깨로는 민우의 도루를 막을 확률이 열 번 중 한 번이 채 되지 않았다.

'젠장. 이렇게 된 이상 힘이나 실컷 빼둬야지. 그러라고 있는 홈이잖아.'

생각을 마친 맥캔은 허드슨에게 견제 사인을 보냈다.

허드슨은 맥캔의 요구에 가볍게 고개를 끄덕이고는 연달아 견제구를 뿌리기 시작했다.

슈욱!

팍!

촤아아악!

견제구가 세 번을 지나 네 번을 연달아 날아왔고, 그럴 때마다 민우의 유니폼 앞섶은 점점 진한 흙색으로 물들어가기 시작했다.

하지만 이곳은 다저스가 아닌 브레이브스의 홈이었다.

민우가 계속 슬라이딩을 하며 고생을 하는 모습에 1루 측 관중석에 앉은 브레이브스의 몇몇 팬은 오히려 박수를 치며 좋아하고 있었다.

그 모습에 신경이 날카로워질 법도 했지만, 민우는 조용히 베이스를 밟고 일어나 앞섶을 털 뿐이었다.

'어차피 잡지 못할 거, 내 신경을 긁어보겠다 이건가 보네.'

맥캔의 의도가 뻔히 보였기에 민우는 오히려 화가 나지 않았다.

허드슨은 이후로도 틈틈이 1루를 향해 견제구를 뿌려댔고, 그때마다 민우는 다시금 1루를 향해 몸을 날려야 했다.

그렇게 앞으로, 옆으로 공이 오고 가길 반복하며 어느새 볼카운트는 2볼 2스트라이크가 되어 있었다.

슈우욱!

촤아악!

팍!

또 하나의 견제구가 이어졌고, 민우는 다시 한 번 1루로 몸을 날렸다.

브레이브스 배터리의 의지도 대단했지만 숱한 견제에도 꿋꿋이 리드 폭을 줄이지 않는 민우의 의지도 대단했다.

하지만 민우도 사람인지라 힘이 쭉 빠지는 것은 어쩔 수 없었다.

'아오. 저 자식 진짜. 내가 다음 타석에선 기필코 홈런을 때려준다!'

이를 악문 채, 속으로 굳은 다짐을 한 민우가 다시금 리드 폭을 벌려갔다.

곧, 사인을 교환한 허드슨이 하이 키킹과 함께 홈을 향해 스트라이드를 내디디며 강하게 공을 뿌렸다.

타다다닷!

그와 동시에 민우가 빠르게 스타트를 끊었다.

따아악!

그리고 홈에서 드디어 기다렸던 타격음이 뿜어져 나왔다.

귓가에 들려오는 타격음에 전력으로 달리던 민우가 타구의 위치를 확인하고는 천천히 속도를 줄여갔다.

켐프가 때려낸 타구가 하늘 높이 떠오른 채, 센터필드를 향해 날아가고 있었다.

―때렸습니다! 큰데요! 센터 방면으로 향하는 타구! 이 타구! 중견수 엔키엘이! 펜스까지!

'제발 넘어가라! 제발!'

잡히면 또 다시 1루로 돌아가야 하는 민우였기에, 속으로 켐프의 타구가 넘어가기를 간절히 바라고 있었다.

하지만 야속하게도 외야에서 불던 바람이 더욱 거세게 바뀌어 있었다.

워닝 트랙을 밟으며 천천히 속도를 줄이던 중견수, 엔키엘이 펜스에 등을 댄 채 하늘을 바라보고 있었다.

그리고 잠시 뒤, 제자리에서 옆으로 천천히 걸음을 옮기며 글러브를 들어 올렸고, 타구는 곧 엔키엘의 글러브로 빨려 들어가며 자취를 감췄다.

그 모습을 처음부터 끝까지 지켜본 민우의 동공이 가볍게 흔들렸고, 아쉬움을 뒤로한 채 1루를 향해 빠르게 되돌아갈 수밖에 없었다.

—아~ 워닝 트랙에서 발걸음이 멈췄습니다. 펜스 바로 앞에서 잡히는 켐프의 타구! 강민우 선수는 다시 1루로 되돌아갑니다. 정말 아슬아슬한 타구였네요. 1아웃입니다.

자신의 타구를 바라보며 1루를 밟아 돌던 켐프는 결국 펜스를 넘어가지 못하고 잡히는 모습에 두 눈을 질끈 감으며 크게 아쉬움을 표했다.

민우는 그 모습에 괜스레 '존재감' 특성을 떠올렸다.

"'존재감' 특성이 있었으면… 넘어갈 수 있었을까?"

존재감 특성의 능력은 '투수의 전체 능력치 3% 감소'였다.

하지만 이내 민우는 고개를 절레절레 저었다.

'어차피 지금 없는 걸 생각해서 뭐 하겠어. 경기에 집중하자. 집중!'

하지만 그런 민우의 집중은 1분이 채 되지 않아 허무하게 끝이 나고 말았다.

슈우욱!

틱!

7번 타자였던 테리엇이 바깥으로 흘러나가는 슬라이더를 어정쩡하게 건드리고 말았고, 그 타구는 곧장 투수에게로 향했다.

허드슨은 침착하게 2루로 공을 뿌려 민우를 아웃시켰다.

팍!

'젠장.'

촤아악!

민우는 슬라이딩과 함께 팔을 넓게 들어 올리며 2루수의 시야를 최대한 가리려 노력했다.

하지만 그런 노력이 무색하게 2루수인 콘래드는 가볍게 옆으로 비켜서며 1루를 향해 공을 던졌고, 테리엇은 1루를 코앞에 두고 아웃을 당하고 말았다.

─투수 잡아서 2루로, 그리고 다시 1루에서! 아웃입니다! 아~ 1─4─3의 병살타가 만들어지며 3아웃. 다저스의 공격은 여기서 끊어집니다.

테리엇은 분하다는 듯, 1루를 지나간 뒤, 자신의 헬멧을 강하게 두드리며 화를 삭이고 있었다.

다저스로서는 켐프의 타구가 펜스 앞에서 잡힌 것이 너무나도 아쉬운 상황이 되고 말았다.

흥미로운 장면을 주거니 받거니 하던 초반과 달리, 이후 3회 말까지 양 팀은 소득 없는 공방을 주고받으며 심심한 모습을 보였다.

그런 심심한 공방이 끝이 난 것은 4회 초에 들어서였다.

4회 초 1아웃 상황, 3번 블레이크가 2루타를 때려내며 출루에 성공했고 뒤이어 4번 로니의 1타점 적시타가 터져 나왔다.

스코어는 한 점을 더 달아나며 0 대 2가 된 상황.

타석에는 5번 타자인 민우가 들어섰다.

풀카운트까지 가는 끈질긴 승부 끝에 민우의 배트가 불을 뿜었다.

따악!

깔끔한 타격음에 다저스의 더그아웃이 끓어오른 것도 잠시.

팍!

촤아아악!

브레이브스의 중견수, 엔키엘이 몸을 날리는 멋진 수비로 민우의 타구를 잡아내고 말았다.

마치 나도 이런 타구를 잡을 수 있다고 시위라도 하는 그 모습에 터너 필드에는 큼지막한 환호성이 쏟아졌다.

뒤이어 허드슨은 6번 타자인 켐프마저 삼진으로 돌려세우며 다시 한 번 위기를 탈출하는 노련한 모습을 보였다.

4회 말 1아웃 상황, 민우는 데릭 리의 큼지막한 타구를 다이빙 캐치로 잡아내며 앤키엘의 호수비를 단번에 지워 버리는 모습을 보였다.

하지만 뒤이어 쏟아지는 브레이브스 관중들의 야유와 도끼

질에 고개를 절레절레 저어 보였다.

5회 초, 다저스는 다시 한 번 연속 안타와 볼넷으로 만루 상황을 만드는데 성공했다.

하지만 허드슨은 다시 한 번 노련한 투구를 선보이며 후속 타자들이 삼진—우익수 플라이—유격수 땅볼로 돌려세우며 단 1실점만을 허용하는 위용을 보였다.

이어 5회 말.

따아악!

이닝이 시작되자마자 큼지막한 타격음이 울려 퍼졌고, 뒤이어 브레이브스 팬들의 환호성이 격하게 쏟아져 나왔다.

올 시즌, 23개의 홈런을 때려내며 펀치력을 자랑했던 알렉스 곤잘레스가 구로다의 초구 포심 패스트볼을 걷어 올려 한 점을 쫓아오는 솔로 홈런을 만들어낸 것이었다.

하지만 구로다는 흔들림이 없었고, 이후 세 타자를 삼진 하나와 2개의 범타로 돌려세우며 이닝을 마무리 지었다.

한 점을 쫓아오면 한 점을 더 달아나야 하는 법.

6회 초 1아웃 상황.

따아악!

민우의 배트가 다시 한 번 불을 뿜었다.

허드슨의 초구 싱커를 그대로 받아쳐 우중간 방면으로 날려 보냈고, 이번에는 엔키엘의 수비 범위를 훌쩍 넘어서는 2루타가 만들어졌다.

뒤이어 6번 타자인 켐프가 다시 한 번 허드슨의 초구를 건드려 좌중간 방면 2루타를 만들어냈고 그사이 민우가 홈을 밟으며 1점을 더 달아났다.

—아~ 오늘 경기 정말 흥미진진하네요. 브레이브스의 응원에 기가 죽을 법도 한데 다저스 선수들은 눈 하나 깜빡하지 않고 배트를 휘두르며 허드슨을 열심히 두드리고 있는데요.

—허드슨 선수는 1회를 제외하고는 거의 매 이닝 대량 출루를 허용하고 있음에도 실점을 최소화시키는 노련한 투구를 선보이고 있습니다. 이럴 때 브레이브스 타선이 허드슨의 어깨를 가볍게 해주어야 할 텐데요. 이쯤에서 타선이 살아나지 못하면 오늘 경기 정말 힘들어요.

경기가 중반을 지나자, 해설자들은 양 팀의 활약을 간단하게 조명하며 경기의 향방을 유추하기 시작했다.

브레이브스의 팬들은 양손을 모은 채, 브레이브스의 타선이 불타오르기를 바라고 있었다.

"제발! 한 방만 때리라고!"

"이대로 탈락하기엔 너무 아쉽잖아!"

"힘을 내!"

팬들의 간절한 목소리가 경기장 이곳저곳에서 들려오기 시작했다.

그리고 그런 바람을 들은 듯, 기적 같은 일이 벌어졌다.

7회 말.

따악!

따악!

4번 맥캔의 안타에 이어 5번 A. 곤잘레스의 안타가 연속으로 터져 나오며 무사 주자 1, 2루 상황이 만들어졌다.

구로다의 투구수는 어느덧 100개를 넘어간 상황이었다.

연속 안타가 터져 나오자 바라하스가 급히 마운드로 올라가 구로다를 다독이는 한편, 브레이브스 타선의 흐름을 끊어 버렸다.

그리고 타석에는 6번 타자인 디아즈가 들어서고 있었다.

디아즈는 8시즌 통산 홈런 개수가 43개에 불과한 타자로, 장타력보다는 컨택 위주의 배팅을 하는 타자였다.

하지만 포스트 시즌은 정규 시즌과 달리 의외의 변수가 작용하는 경우가 많았다.

그리고 지금도 바로 그런 상황이었다.

슈우욱!

따아아악!

브레이브스의 응원가를 뚫고 들려오는, 너무나도 정갈한 타격음에 모두의 시선이 일제히 하늘로 올라갔다.

민우의 시선 역시 하늘로 올라갔고, 짙은 회색빛의 라인이 도저히 잡을 수 없는 높이로 펜스를 훌쩍 넘어 이어져 있는 모습에 허탈한 표정을 짓고 말았다.

'허⋯⋯.'

그리고 곧 디아즈의 타구가 펜스를 넘어 관중들의 사이로
그 모습을 감추어 버렸다.

—디아즈의 타구! 높게 떠갑니다! 멀리 날아갑니다! 계속
날아갑니다! 아직도 날아갑니다! 펜스~ 그대로 넘어 갑니다!
디아즈가 브레이브스의 희망의 불씨를 살려내는 스리런 홈런
을 만들어냅니다! 스코어 4 대 4!

"으아아아아아아!!!"

"터졌다!!!"

"디아즈!!!!"

디아즈의 타구가 시야에서 사라지는 순간, 터너 필드가 무
너지지는 않을까 싶을 정도로 거대한 함성이 사방에서 쏟아
지기 시작했다.

단 하나의 실투.

투구수가 100개를 넘긴 상황에서 아주 약간 보이고 만 틈
을 디아즈는 놓치지 않았고, 그 결과로 다저스는 한순간에 동
점을 허용하고 말았다.

믿었던 구로다가 순식간에 무너지는 모습에 더해 사방에서
쏟아지는 우레와 같은 함성 소리는 다저스 선수들의 자신감

을 순식간에 바닥으로 내팽개쳤다.

토리 감독이 무표정한 얼굴을 한 채, 마운드로 올라오고 있었다.

구로다는 고개를 살짝 숙인 채, 양손으로 공을 문지르고 있을 뿐이었다.

"수고했다."

그 말과 함께 토리 감독이 구로다가 들고 있던 공을 건네받았다.

6이닝 4실점 8K.

통한의 스리런 홈런이 구로다를 무너뜨리고 말았다.

힘 빠진 발걸음으로 더그아웃으로 향하는 구로다의 뒷모습이 왠지 모르게 쓸쓸해 보였다.

'포인트 상점에 공중 부양이 나왔으면……'

민우는 자신이 생각한 것이 말도 안 되는 것이라는 걸 알고 있었다.

만약에 정말 포인트 상점에 공중 부양이라는 것이 나온다 하더라도 그걸 사용하는 순간, 민우는 쥐도 새도 모르게 국가의 생체 실험 대상이 되어버릴 것이 분명했다.

하지만 정말로 그런 걸 원하는 것은 아니었다.

그저 한 방에 무너지고 만 상황에 대한 아쉬운 마음이 불러온 망상일 뿐이었다.

가볍게 고개를 저은 민우가 잠시 감았던 두 눈을 떴다.

그러자 언제 그랬냐는 듯, 그 두 눈에는 다시금 강한 의지가 담긴 채 빛을 내고 있었다.

'한 방 맞았다고 기죽을 거 없어. 한 방 맞으면 두 개를 치면 된다. 그럼 되는 거야.'

이미 허드슨을 상대로 홈런을 때리리라 다짐했지만 6회 초엔 2루타를 때리는데 그친 민우였기에 다음 타석에서야말로 홈런을 때리기 위해 칼을 갈고 있었다.

하지만 경기가 막판인 만큼, 8회 초에도 허드슨이 나오리라는 보장은 없었다.

'뭐, 누가 나오던 상관없지. 우리가 이기고 챔피언십 시리즈에 올라갈 수만 있다면야.'

생각과 함께 가볍게 고개를 끄덕인 민우가 다시금 수비에 집중하기 시작했다.

구로다의 뒤를 이어 마운드를 이어받은 투수는 트론코소였다.

트론코소는 7번부터 시작되는 브레이브스의 하위 타선을 깔끔하게 정리하기 시작했다.

7, 8번 타자를 공 4개 만에 유격수 땅볼—3루 땅볼로 가볍게 돌려세우며 순식간에 아웃 카운트 두 개를 챙긴 트론코소는 9번 투수 타석에서 대타로 들어선 트로이 글로스마저 삼진으로 가볍게 돌려세우며 이닝을 깔끔하게 종료시켰다.

이닝 종료와 함께 공수 교대를 위해 빠르게 더그아웃으로 돌아와 배트를 챙겨 들던 민우는 목에 수건을 걸친 채, 아이싱을 하고 있는 구로다를 바라봤다.

혼신의 힘을 다한 투구를 한 탓인지, 홈런 한 방에 승리가 날아갔다는 것에 대한 실망인지 알 수는 없었지만 살짝 힘이 빠진 표정을 짓고 있는 모습에 민우는 왠지 모르게 조금은 안쓰러운 감정을 느끼고 있었다.

'최선을 다했는데도 홈런을 맞았다는 건… 투수로서는 자책할 만도 하겠지……'

아직 상대의 바뀐 투수가 올라오지 않았기에, 민우는 헬멧을 쓴 채, 구로다에게로 향했다.

"구로다, 고생했어요."

민우의 목소리가 들려오자 구로다의 동공이 빠르게 초점을 잡았다.

그러고는 피식 웃으며 고개를 젓더니, 천천히 입을 열었다.

"어, 민우구나. 그래, 고맙다. 이거 미안해서 어쩌냐. 결국 열심히 내준 점수를 지키지 못해 버렸네."

민우는 그런 구로다의 말에 무슨 소리냐는 듯한 표정을 지어 보였다.

"그게 무슨 말도 안 되는 소리예요. 구로다가 열심히 던졌으니까 브레이브스의 홈인데도 저들이 아직 승기를 잡지 못한 거예요."

민우의 입에서 나온 것은 너무나도 상투적인 위로였다.

그럼에도 민우의 진심이 담겨 있다는 것이 느껴졌기에 구로다의 표정도 한층 밝아져 있었다.

곧, 구로다가 가볍게 고개를 끄덕이며 미소를 지어 보였다.

"그렇게 말해주니 고맙다."

그 미소에 민우도 가볍게 웃어 보이고는 곧 비장미 넘치는 표정을 지어 보였다.

"뭘요. 그리고 아직 끝난 게 아니잖아요. 제가 이번 타석에서 제대로 큰 거 한 방 날리고 올게요. 비록 구로다의 승리를 챙겨줄 수 있는 건 아니지만, 챔피언십 시리즈 직행 기념 축포로 말이에요."

민우의 홈런 예고에 구로다의 두 눈이 크게 떠졌다.

그 어떤 뛰어난 선수라도 홈런 예고는 상당히 건방지게 보이게 마련이었다.

하지만 구로다의 눈에 홈런을 예고하는 민우의 모습은 건방져 보이기는커녕, 정말로 홈런을 때리고 올 것처럼 믿음이 갔다.

'참 신기한 에너지를 뿜어내는 녀석이란 말이지. 어디서 이런 녀석이 튀어나온 건지. 후후.'

민우가 팀에 합류한 이후, 성적 하락으로 조금씩 침체되던 팀 분위기가 되살아나기 시작했다.

상상할 수 없는 기록을 써 내려갔고, 그로 인해 다저스는 메이저리그에서 가장 핫한 팀으로 부상했다.

4위에서 3위로, 2위로, 그리고 1위로.

지구 우승을 차지한 공로의 반은 민우에게 있다고 해도 과언이 아니었다.

그런 민우였기에 그 홈런 예고가 구로다의 마음속에서 조금씩 흥분을 불러일으키고 있었다.

"그래. 제대로 한 방 부탁한다."

구로다가 주먹을 쥔 손을 들어 올려 앞으로 내밀었다.

그 모습에 민우도 입꼬리를 씨익 말아 올리더니 주먹을 맞부딪히고는 빠르게 그라운드로 나섰다.

구로다는 그런 민우의 든든한 뒷모습을 잠시 바라보다가 천천히 마운드로 시선을 돌렸다.

'킴브렐. 브레이브스의 불펜에서 가장 핫한 녀석이 민우를 상대하는 건가.'

마운드 위에선 아직은 앳된 얼굴이 남아 있는 선수가 꽤나 위력적인 공을 뺑뺑 뿌려대고 있었다.

민우보다 조금은 이른 5월, 메이저리그 승격의 꿈을 이룬 킴브렐이었지만 선수들의 부상과 복귀에 따라 마이너리그를 오고 갔고, 본격적으로 경기에 나선 것은 9월에 들어서였다.

킴브렐은 최고 구속 100마일에 이르는 포심 패스트볼과 90마일을 찍는 슬라이더를 바탕으로 한 불같은 스터프로 타자를 억박지르는 투 피치 투수였다.

특히, 루키라는 것을 떠올리지 못하게 할 정도로 위기 상황에서도 스트라이크존에 찔러 넣을 수 있는 강심장을 가지고 있는 것이 장점이라고 할 수 있었다.

이를 바탕으로 올 시즌, 21경기에서 20.2이닝을 던지며 40개의 삼진을 솎아냈고, 그동안 내어준 실점은 단 2점이었다.

그마저도 자책점은 단 1점에 불과할 정도로 신예답지 않은 위력투를 보였다.

하지만 부족한 경험에 더해 볼넷을 16개나 내어 주는 불안한 제구력은 단점으로 꼽혔다.

하지만 그런 단점에도 결국 정규 시즌에서 맹활약을 했고, 2차전에서 민우에게 홈런을 얻어맞은 와그너를 대신해 콕스 감독의 선택을 받은 것으로 보였다.

그러나 구로다는 그런 상황을 생각하더라도 킴브렐의 기용은 위험한 도박처럼 보였다.

이유는 간단했다.

그 대상이 민우였기 때문이었다.

'아무리 100마일을 뿌려봤자… 민우에게는 그리 어려운 공이 아닐 거야. 특히 제구력이 흔들린다면……'

다저스의 선수들에게 배트 스피드가 가장 빠른 선수를 꼽으라고 한다면 그 누구에게 물어도 민우의 이름이 반사적으로 튀어나올 정도였다.

그리고 실제로도 민우의 배트 스피드는 100마일의 공도 거뜬히 배트 중심에 맞출 수 있을 정도로 빨랐다.

이 정도 능력을 가진 타자에게 패스트볼과 슬라이더의 투 피치 스타일의 투수는 다양한 구종을 가진 투수에 비해 훨씬 상대하기가 수월했다.

'더군다나 나이도 동갑이니. 안 봐도 속이 대충 보이는데.'

동갑내기끼리의 경쟁심은 가끔 불필요한 에너지 소모를 일으키기도 했다.

그리고 민우와 킴브렐의 대결은 구로다의 예상대로 흘러가고 있었다.

킴브렐이 허리를 깊게 숙인 채, 양팔을 벌린 자세로 포수의 사인을 확인하고 있었다.

'자세가 독특하긴 하네.'

훗날, 킴브렐이 브레이브스의 마무리 투수가 된다면 그를 상징하는 하나의 트레이드마크가 될 것처럼 보였다.

잠시 그런 생각을 하던 민우는 킴브렐이 허리를 들어 올리는 모습에 천천히 자세를 낮추며 타격에 임할 준비를 마쳤다.

곧 킴브렐이 허리를 살짝 비틀며 하이 키킹을 한 뒤, 스트라이드를 강하게 내디디며 공을 뿌렸다.

슈우욱!

화살처럼 매섭게 쏘아진 공이 순식간에 홈 플레이트에 도달한 순간.

따악!

민우의 배트가 킴브렐의 공을 거침없이 걷어 올리며 거친 비명을 내질렀다.

타이밍이 약간 빨랐다는 듯, 민우의 타구는 우측 파울라인을 끼고 날아가다 서서히 휘어지며 폴대 바깥으로 날아가 버렸다.

초구부터 거침없이 배트를 돌려 타구를 펜스 너머로 날려 버리는 민우의 위협적인 모습에 터너 필드에는 일순간 무거운 정적이 흘렀다.

─큰데요! 그대로 펜스를! 아~ 폴대를 크게 빗겨 나갑니다! 파울 홈런이네요.

전광판에 찍힌 구속은 99마일(159㎞).

웬만한 타자들도 쉬이 정타를 때리기 어려운 구속이었다.

하지만 큼지막한 파울을 날려 보낸 민우의 얼굴에는 초조하거나 불안한 모습이 전혀 잡히지 않고 있었다.

그리고 그 모습이 킴브렐의 자존심을 흔들리게 하고 있었다.

'잘난 놈이라 이거냐.'

킴브렐은 100마일에 달하는 구속만큼이나 스스로의 공에 대한 자부심이 강한 투수였다.

강속구 투수들의 특유의 자존심이 킴브렐에게도 존재하고

있었다.

이미 지난 1, 2차전에서 민우의 연속 홈런을 두 눈으로 똑똑히 봤던 킴브렐이었지만 오히려 그런 모습이 킴브렐의 호승심을 자극하고 있었다.

'내 공은 90마일이 아니라 100마일이라고. 칠 수 있으면 쳐보라지.'

기싸움에서 밀릴 생각은 없었다.

이런 강인한 멘탈이 있기에 브레이브스의 차기 마무리 투수감으로 꼽히는 킴브렐이었다.

위기에서 강한 투수야말로 마무리 투수에게 필요한 자질었고, 그런 점을 알고 있는 킴브렐은 이 기회에 콕스 감독에게 눈도장을 확실히 찍어둘 생각이었다.

'어휴. 아주 날 잡아먹겠다는 눈빛이네.'

민우는 큼지막한 파울 홈런을 날린 뒤, 분위기가 매섭게 바뀐 킴브렐의 모습에 가볍게 숨을 내쉬었다.

하지만 킴브렐에게 기가 눌렸다거나, 몸이 굳었다거나 한 것은 아니었다.

오히려 그런 킴브렐의 반짝거리는 눈빛은 민우에겐 기회가 되고 있었다.

'저런 눈빛을 보내면서 유인구를 던질 것 같진 않단 말이지.'

민우의 직감은 킴브렐이 자신에게 정면 승부를 걸어올 것이라는 신호를 보내고 있었다.

'꿩 대신 닭이라고, 허드슨 대신 너라도 한 방 먹어줘야겠다.'

짜악.

민우는 킴브렐에게 지지 않겠다는 듯, 두 눈을 빛내기 시작했다.

배터리의 사인 교환이 끝나고, 킴브렐과 민우의 시선이 허공에서 강렬하게 부딪혔다.

잠시간의 대치가 끝나고, 킴브렐이 하이 키킹과 함께 강하게 공을 뿌렸다.

슈우우욱!

찰나의 순간에 홈 플레이트를 파고드는 공을 따라 민우의 배트도 매섭게 돌아갔고, 곧 깨끗한 타격음이 울려 퍼졌다.

따아악!

총알같이 쏘아진 타구가 다시 한 번, 우측으로 크게 휘어지기 시작했고, 모두가 조마조마한 시선으로 타구를 바라보기 시작했다.

하지만 타구를 날려 보낸 당사자인 민우는 이미 아쉬운 표정을 짓고 있었다.

'크으. 아깝다.'

타구의 방향이나 비거리는 타구를 때려낸 타자 스스로가 제일 잘 아는 법이었다.

그리고 민우의 예상대로 타구는 우측 폴대를 아주 살짝 빗겨 나가며 다시 한 번 파울이 되고 말았다.

노 볼 2스트라이크 상황.

타자에게 압도적으로 불리한 상황이 만들어졌다.

민우의 입가에 미미하게 피어오르던 미소는 어느새 그 자취를 감춘 상태였다.

하지만 그런 겉모습과는 달리 속으로는 더욱 진한 미소를 짓고 있었다.

'자. 영점 조준은 끝났고. 한 번만 더 상대해 주라.'

2개의 파울 홈런을 날린 것엔 이유가 있었다.

브레이브스의 선발 투수였던 허드슨보다 5마일 이상 빠른 공을 뿌리는 킴브렐이었다.

더군다나 100마일을 찍는 매서운 구위를 보이는 공이었기에 민우의 배팅 타이밍이 아주 조금씩 어긋난 것이었다.

하지만 타구의 방향이 말해주듯 아주 크게 벗어났던 초구와 달리, 두 번째 타구는 폴대를 아주 살짝 빗겨 나갔다.

민우가 타이밍을 빠르게 잡아가고 있다는 뜻이었다.

이럴 때, 킴브렐이 호승심을 버리지 못하고 스트라이크존에 또 하나의 속구를 꽂아 넣는다면 제대로 때려낼 자신이 있었다.

그래서 민우는 구위에 눌린 것처럼 기만 작전을 쓰기로 한 것이었다.

베테랑에게는 먹히지 않을지 몰라도, 자신을 경쟁 상대로 생각하는 킴브렐에게는 충분히 먹힐 만한 작전이었다.

그리고 그런 민우의 모습은 킴브렐의 마음에 일말의 방심을 만들고 있었다.

두 번의 타구가 모두 파울로 만들어졌다는 것.

공을 뿌린 킴브렐의 입장에선 타자가 스위트 스폿에 맞추지 못하고 있다고 생각할 만한 모습이었다.

100마일에 달하는 빠른 공에 배팅 타이밍을 맞추는 것은 정말 정교한 감각이 필요했다.

하지만 지금 자신의 공에 대처하는 민우의 배팅은 무언가 조금씩 어긋나는 듯 보이고 있었다.

그리고 민우의 미묘한 표정 변화가 킴브렐의 눈에 잡혔고, 그 판단에 무게를 더하고 있었다.

그리고 그 머릿속에 하나의 단어가 떠올랐다.

'삼구삼진.'

1, 2차전에서 터진 민우의 홈런 두 방에 브레이브스의 자존심은 완전히 뭉개져 버린 상태였다.

이런 상황에서 베테랑이 아닌, 민우와 마찬가지로 갓 데뷔한 루키인 자신이 삼구삼진으로 민우를 돌려세운다면, 브레이브스의 사기를 충분히 끌어 올릴 수 있으리란 생각이 들었다.

그런 생각과 함께 킴브렐이 주변을 둘러봤다.

터너 필드를 가득 채운 팬들의 간절한 시선이 모두 자신에게 쏠려 있었다.

그들의 시선에는 민우를 막아달라는 간절함이 담겨 있었다.

두 개의 파울, 민우의 표정 변화, 그리고 분위기.

모든 것들이 마치 드라마의 한 장면처럼 느껴졌다.

그리고 그 주인공이 자신이 될 것이라는 확신이 들고 있었다.

킴브렐의 머릿속엔 단 하나의 목표만이 남아 있었다.

'최고의 공을 뿌린다. 그리고… 잡는다.'

곧, 킴브렐이 허리를 숙이며 특유의 자세로 포수를 바라보기 시작했다.

킴브렐은 맥캔의 사인에 한 번, 그리고 다시 한 번 고개를 저었다.

그리고 세 번째 사인, 몸 쪽 낮은 코스에서 살짝 빠진 코스의 포심 패스트볼에 가볍게 고개를 끄덕이며 허리를 들었다.

─드디어 고개를 끄덕이는 킴브렐 선수인데요.

포수가 요구한 대로 꽂아 넣는다면 100% 볼로 판정이 될 것이 분명했다.

여기서 킴브렐은 그 영점을 아주 조금 스트라이크존의 라인으로 옮겨 잡았다.

"후우!"

고개를 숙여 마운드를 바라보며 심호흡을 한 킴브렐이 곧 하이 키킹과 함께 강하게 스트라이드를 내디뎠다.

슈우우욱!

킴브렐의 손에서 총알같이 뿌려진 공이 순식간에 스트라이크존의 구석을 파고들어 갔다.

완벽하게 긁힌 손맛에 킴브렐의 입가에 미소가 피어오르려는 순간.

민우가 강하게 스트라이드를 내디디며 매섭게 허리를 회전시켰고, 뒤이어 그 배트가 킴브렐의 공을 정확히 잡아당기며 경쾌한 타격음을 내뱉었다.

따아아악!

큼지막한 포물선을 그리며 끝을 모르고 날아가는 타구의 모습에 킴브렐이 허탈한 표정을 지어 보였다.

그제야 자신이 무슨 짓을 한 것인지 깨달은 것이었다.

민우는 명작을 감상하는 것처럼 잠시 동안 자신의 타구를 바라보다가 천천히 걸음을 뗐다.

―몸 쪽 빠른 공! 그대로 퍼 올렸어요! 우측으로!! 멀리!!

우익수인 헤이워드가 타구를 쫓아 펜스를 향해 전력으로 달려가고 있었다.

하지만 곧 그 앞을 가로막는 펜스에 그 발걸음이 서서히 늦춰져 갔다.

펜스 바로 앞에서 하늘을 바라보는 헤이워드의 모습에 브레이브스의 팬들이 두 손을 모았다.

'제발!'

'잡아줘!'

수만의 팬들이 간절한 시선을 보내고 있었지만, 곧 그들의 시선은 절망으로 바뀌어갔다.

타구가 헤이워드의 머리보다 수 미터는 높은 곳을 통과하며 관중석에 꽂히는 모습이 보였기 때문이었다.

텅~

타구가 관중석의 바닥을 강타하며 울리는 소리가 브레이브스 팬들에게는 지옥의 종소리처럼 들려왔다.

─그대로~ 넘어~ 갑니다!! 솔로 홈런!!! 우익수가 미처 손을 쓸 생각조차 할 수 없을 정도로 엄청난 타구가 나왔습니다!! 터너 필드에서의 압박을 이겨내고 강민우 선수가 다저스의 리드를 다시 한 번 되찾아옵니다! 오늘도 해결사 역할을 톡톡히 해주는 강민우 선수! 포스트 시즌 경기 연속 홈런 기록을 이어갑니다!

결국 펜스를 넘어가 버리는 타구의 모습에 킴브렐은 고개를 푹 숙이고 말았다.

분명 조금 전까지만 하더라도 그 자신이 승리라는 드라마의 주인공이 될 수 있다고 생각했다.

하지만 그건 킴브렐의 착각일 뿐이었다.

제대로 긁혔고, 원하는 곳에 정확히 꽂히는 회심의 공이었다.

그럼에도 그 공은 포수의 미트에 스칠 기회조차 얻지 못한 채, 방향을 바꿔 외야를 향해 날아올랐다.

곧, 킴브렐의 시선이 홈 플레이트를 향해 달려가는 민우에게로 돌아갔다.

홈런포를 쏘아 올리고, 위풍당당한 발걸음으로 다이아몬드를 도는 민우야말로 이 드라마의 주인공이었다.

"우오오오오오!!"

"저런 괴물 같은 자식!!"

"역시 민우다!!"

"크아! 속이 뻥 뚫리네!"

더그아웃에서 민우의 타석을 조마조마한 마음으로 지켜보던 선수들이 일제히 더그아웃 앞으로 나와 주먹을 휘두르고, 만세를 부르며 기쁨을 표출하기 시작했다.

이에 질세라 민우가 펄쩍 뛰어오르며 강하게 홈 플레이트를 밟으며 양 주먹을 쥐어 보였다.

"예에!"

대기 타석에서 발걸음을 옮기는 켐프와 강하게 하이파이브를 나눈 민우는 자신을 마중 나온 동료들 하나하나와 진한 포옹과 하이파이브를 나누며 지금의 기쁨을 즐겼다.

그리고 가장 뒤에 서 있던 구로다가 진한 미소를 지은 채, 아이싱을 하지 않은 왼 주먹을 들어 민우에게 내밀었다.

민우 역시 아무런 말도 하지 않은 채, 씨익 웃으며 주먹을 맞부딪혔다.

그렇게 마음껏 기쁨을 나누는 다저스 선수들의 모습은 브레이브스의 팬들의 가슴을 찢어지게 만들고 있었다.

―아~ 경기가 8회에 접어든 시점에서 강민우 선수의 이 홈런 한 방은 브레이브스에겐 너무나도 뼈아픈 실점입니다.

―강민우 선수의 저 표정을 보세요. 마치 '내가 바로 강민우다. 아무도 나를 막을 수 없다'고 말하는 것 같습니다. 그 어떤 선수가 브레이브스의 홈에서 저런 실력을 뽐낼 수 있을까요. 정말 대단합니다.

민우의 홈런에 온힘이 빠진 듯, 킴브렐의 제구가 급격히 흔들리기 시작했다.

그리고 민우의 홈런에 자극을 받은 켐프는 이런 절호의 기회를 쉽게 놓칠 생각이 없었다.

따아아악!

또 한 번의 강렬한 타격음이 터너 필드를 타고 울려 퍼졌다.

킴브렐의 2구째 포심 패스트볼이 한가운데로 몰렸고, 너무나도 매력적인 공에 캠프의 배트가 거침없이 돌아간 결과였다.

곧 좌측으로 뻗어가던 타구가 다시 한 번 펜스를 넘어가자, 브레이브스의 팬들의 눈은 곧 눈물이 쏟아질 것처럼 붉게 물들어갔다.

콕스 감독은 곧장 마운드에 올라 킴브렐을 내리고, 와그너를 등판시켰다.

더 이상 뒤를 생각할 기회가 없는 브레이브스였다.

비록 2차전에서 민우에게 통한의 만루 홈런을 얻어맞은 주인공이었지만, 불펜에서 가장 믿을 수 있는 실력을 가지고 있는 투수인 와그너를 선택한 것이었다.

그리고 그런 믿음에 보답하듯, 와그너는 9회 초까지 2이닝 4K 무실점으로 다저스의 타선을 꽁꽁 틀어막았다.

하지만 불펜 투수진은 다저스 역시 만만치 않았다.

8회 말 젠슨의 1이닝 2K에 이어 9회 말, 귀홍치가 1이닝 1K로 브레이브스 타선을 틀어막으며 경기를 종료시켰다.

―헛스윙 삼진! 귀홍치가 디아즈를 헛스윙 삼진으로 돌려세

우며 경기를 마무리 짓습니다! 다저스는 브레이브스를 시리즈 전적 3승 무패로 완벽하게 찍어 누르며 내셔널리그 챔피언십 시리즈 진출하게 됩니다!

—탄탄한 투수진과 슈퍼 루키 강민우의 결승 홈런에 힘입어 챔피언십 시리즈에 진출하는 다저스입니다!

—브레이브스는 홈에서 반등을 노렸고, 동점 스리런 홈런으로 기적을 꿈꿨지만, 그 꿈은 결국 실패로 돌아가고 말았습니다.

마지막 아웃 카운트가 채워지는 순간, 다저스의 선수들이 일제히 그라운드로 쏟아져 나오며 기쁨을 만끽하기 시작했다.

"챔피언십 시리즈 진출이야!!"

"우리가 내셔널리그의 왕이다!"

"필리스든, 레즈든! 아무나 오라고 해!"

"기왕이면 레즈가 오라고 해!"

"푸하핫!"

그와 대조적으로 브레이브스의 선수들은 축 늘어진 어깨를 펴지 못한 채, 쓸쓸하게 경기장을 빠져나가야 했다.

마운드 주변에 모인 선수들이 하나같이 어깨동무를 하며 빙글빙글 돌며 서로의 공을 치하했다.

카메라맨은 오늘의 결승 홈런의 주인공인 민우의 모습을 한 장면도 놓치지 않겠다는 듯한 기세로 열심히 쫓아다니고 있었다.

　그런 민우의 미소는 오늘따라 유독 더 환하게 느껴지고 있었다.

＊　　　　　＊　　　　　＊

　다저스가 챔피언십 시리즈 진출을 확정지은 다음 날.

　신시내티 레즈의 홈구장인 그레이트 아메리칸 볼파크에서는 신시내티 레즈와 필라델피아 필리스가 챔피언십 시리즈 진출의 운명을 건 디비전 시리즈 4차전을 치를 준비를 하고 있었다.

　―과연 신시내티와 필리스, 필리스와 신시내티 두 팀 중 다저스와의 챔피언십 시리즈의 상대가 될 팀은 어느 팀이 될지 궁금하네요.

　―현재까지는 시리즈 전적 2승 1패로 필리스가 우위를 차지하고 있는데요. 내셔널리그 최고 승률 팀의 저력이라고 해야 할까요.

　―하지만 신시내티도 만만치 않습니다. 홈으로 돌아오자마자 깔끔하게 1승을 거두며 1, 2차전의 부진을 만회했거든요. 과연 오늘도 그 기세를 이어갈 수 있을지 기대가 됩니다.

신시네티와 필리스의 내셔널리그 디비전 시리즈는 필리스가 먼저 2승을 가져가며 우세를 보이고 있었다.

그러다 신시네티가 홈으로 돌아와 치러진 3차전에서 뒤늦은 1승을 신고하며 기사회생하는데 성공하며 시리즈의 향방은 4차전까지 오게 된 것이었다.

하지만 신시네티로서는 오늘 경기에서 승리를 따내는 것이 그리 쉽지만은 않아 보였다.

오늘 필리스의 선발 투수는 1차전에서 신시네티의 타선을 꽁꽁 틀어막으며 메이저리그 포스트 시즌 역사상 두 번째 노히트 노런을 달성했던 투수, 할러데이였다.

1차전에서 9이닝 동안 단 한 개의 볼넷만을 내어 주며 퍼펙트게임을 아쉽게 놓쳤던 할러데이가 다시 한 번 신시네티를 상대로 마운드에 올라와 있었다.

홈이라는 어드벤티지, 2패뒤 1승을 하며 상승세를 탄 분위기가 있었지만 퍼펙트를 내어줄 뻔했던 투수가 마운드에 올라온 모습은 신시네티의 선수들에게 알게 모르게 영향을 주고 있었다.

더군다나 신시네티의 발목을 잡는 것이 하나 더 있었다.

올 시즌, 내셔널리그에서 72개의 팀 에러 개수를 기록하며 '수비의 팀'이라는 명성을 가지고 있던 신시네티는 그 명성이 무색하게 2차전에서만 무려 4개의 실책을 기록하며 자멸하는 모습을 보였었다.

여기에 그치지 않고 홈으로 돌아온 3차전에서도 다시금 2개의 실책을 더했고, 타선이 폭발하지 않았더라면 3연패로 디비전 시리즈에서 탈락했을지도 모를 정도로 불안한 모습을 보이고 있었다.

그렇기에 전문가들은 대체로 필리스의 우세를 점치고 있었다.

그리고 경기는 많은 전문가의 예상대로 흘러가고 있었다.

제4장

내셔널리그 챔피언십 시리즈

    일찌감치 내셔널리그 챔피언십 시리즈 진출을 확정지은 다저스는 홈인 LA로 돌아온 상태였다.

    챔피언십 시리즈는 리그 최고 승률을 기록한 팀의 홈에서 벌어질 예정이었지만 다저스와는 상관이 없는 일이었다.

    필리스가 신시네티를 누르고 챔피언십 시리즈에 진출할 경우, 챔피언십 시리즈 1, 2차전은 필리스의 홈인 시티즌스 뱅크 파크에서 치러진다.

    반대로 신시네티가 기적적으로 필리스를 누르고 챔피언십 시리즈에 올라온다면 한 가지를 더 생각해야 한다.

    다저스와 신시네티 모두 정규 시즌 성적 91승 71패를 기록하며 동률을 이루었기 때문이다.

이럴 때, 정규 시즌 승률 다음으로 보는 것은 바로 상대 전적이었다.

아쉽게도 다저스는 신시네티에 시즌 전적 4승 5패를 기록하고 있었다.

이 때문에 만약 신시네티가 챔피언십 시리즈에 올라온다고 하더라도 챔피언십 시리즈 1, 2차전은 결국 신시네티의 홈인 그레이트 아메리칸 볼파크에서 치러야 했다.

어느 팀이 올라오더라도 원정 경기로 챔피언십 시리즈의 포문을 열어야 한다는 것은 변함이 없다는 것이었다.

하지만 그 상대가 누구냐에 따라 월드 시리즈 진출의 향방이 달라진다는 사실만큼은 변함이 없었다.

＊　　　＊　　　＊

경기 감각을 잃지 않기 위한 단체 훈련을 끝낸 다저스의 선수들은 TV를 통해 신시네티와 필리스의 4차전 경기를 시청하고 있었다.

필리스는 필리스대로, 신시네티는 신시네티대로 각자의 목표를 위해 최선을 다하고 있었고, 8회까지 1 대 1의 팽팽한 접전을 이어가고 있었다.

"흠. 투수 입장에선 신시네티보다는 필리스 타선이 상대하기 수월할 것 같은데."

목에 수건 한 장을 두른 채, 소파에 큼지막한 몸을 파묻고 있던 젠슨의 이야기에 바로 옆에 앉아있던 커쇼도 가볍게 고개를 끄덕였다.

"그건 그렇지. 아무래도 신시네티의 공격력은 어마어마하니까."

2010시즌, 신시네티는 공격력 부문에서만큼은 타 팀을 압도하는 모습을 보이며 상대 투수를 공포에 떨게 했다.

팀 타율 0.272, 팀 홈런 188개, 팀 타점 761점, 팀 득점 790점, 팀 OPS 0.774.

도루를 제외한 거의 모든 부분에서 리그 1위를 기록하는 독보적인 공격력을 보인 팀이 바로 신시네티였다.

조이 보토를 시작으로 제이 브루스, 드류 스텁스, 자니 곰스, 필립스에 노익장을 과시하는 롤렌까지.

이 여섯 타자가 합작한 홈런 개수가 무려 140개였다.

최근 5년 사이 중하위권을 맴돌며 올 시즌도 시즌 초부터 약체로 평가받았던 신시네티는 이런 핵타선이 폭발하며 디비전 시리즈까지 올라온 것이었다.

반면 필리스의 타선은 신시네티의 그것만은 못하다는 평가를 받고 있었는데, 타선의 핵이 되어야할 하워드가 2루타와 홈런 개수가 각각 10개 이상씩 줄어들며 장타력이 감소한 모습을 보인 것을 한 원인으로 보고 있었다.

이 외에도 이바네즈와 롤린스 역시 전 시즌에 비해 홈런 개수가 반 토막이 나는 등 전체적으로 타선의 파괴력이 떨어졌다는 평가를 받고 있었다.

그런 커쇼와 젠슨의 대화를 듣고 있던 기븐스가 손가락을 좌우로 흔들며 시선을 끌었다.

"에헤이~ 아니지, 아니지. 야구는 결국 투수 놀음이라는 말 못 들어봤어?"

기븐스의 말에 커쇼가 기븐스의 옆으로 시선을 돌리며 입을 열었다.

"그런 말씀하시면 옆에 있는 민우가 섭섭하죠."

"아……. 민우는 빼고. 아닌 거 알지 민우야?"

기븐스는 능글맞게 웃음을 보이며 민우를 바라봤고, 민우는 그런 기븐스를 보며 미소를 지은 채 말없이 고개를 끄덕였다.

그러자 기븐스도 씨익 웃으며 민우의 머리를 쓰다듬고는 다시금 말을 이어갔다.

"아무튼! 신시네티의 핵타선이 아무리 강하다고 해봐야, 단기전에서는 투수 놀음인거야. 쟤들 1차전 기록 봐봐. 날고 긴다는 신시네티 핵타선이 어떻게 됐냐. 할러데이한테 퍼펙트까지 내어줄 뻔했잖아. 투수가 무실점하면 타선에서는 1점만 내줘도 되는 거야. 그런데 투수가 5실점, 10실점 하면? 타선이 6점, 11점을 내야 하는데, 상대 투수가 '예, 드리겠습니다' 하고 점수를 내주냐. 그건 또 아니라 이 말이지."

기븐스의 말도 설득력이 있었다.

"물론 정확히 말하면 투수의 뒤를 받쳐 주는 야수의 수비력이 있어야겠지만."

가볍게 부가 설명을 덧붙이는 기븐스였다.

민우는 일리가 있다는 듯, 가볍게 고개를 끄덕였다.

'분명 틀린 말은 아니야. 선발과 중간 계투, 마무리로 이어지는 투수진과 야수들의 수비력이 빈틈없이 맞물린다면, 상대 타선에게 쉬이 점수를 내줄 리가 없다. 이미 당장 눈앞에서 필리스가 그걸 증명하고 있지.'

필리스는 신시네티와의 1차전에서 할러데이의 노 히트 노런으로 승리를 따내더니, 2차전에서는 신시네티의 실책 4개로 손쉽게 5점을 따내며 승리를 거두었다.

비록 3차전에서 패배하긴 했지만 앞선 두 경기에서 필리스와 신시네티가 보인 모습은 단기전의 성적은 투수력과 수비력의 영향이 더 크다는 것을 말해주는 듯했다.

'점수를 지켜낼 탄탄한 마운드가 없다면, 그리고 투수의 뒤를 받쳐줄 든든한 야수진이 없다면 아무리 점수를 낸다 한들 승리를 장담할 수가 없어. 그런 점에서 생각한다면 정말 무서운 건 신시네티가 아니라 필리스라고 봐야겠지.'

타선에서 신시네티가 필리스에 우위를 점하고 있었다면, 필리스는 투수력에서 강점을 보이는 팀이었다.

신시네티가 선발과 불펜을 가리지 않고 4점대의 방어율을 기록하며 확실한 에이스가 없다는 단점을 가지고 있는 반면, 필리스는 선발진의 방어율이 3.55로 리그 3위를 기록하고 있었다.

여기서 더 면밀히 들어가면 21승 투수인 할러데이를 시작으로 해멀스가 12승을, 휴스턴에서 이적한 오스왈트가 후반기에만 7승을 기록하며 좋은 모습을 보였다.

중간 계투 역시 매드슨을 중심으로 준수한 모습을 보이고 있었고, 지난 시즌부터 부진을 거듭하던 마무리 투수, 릿지가 시즌 막판부터 완벽히 부활한 모습을 보이고 있다는 것도 필리스의 뒷문을 단단하게 만드는데 한 몫을 하고 있었다.

이들은 곧 디비전 시리즈에서도 그 위력을 발휘하며 신시네티 타선을 압도하고 있었다.

따악!

―아! 브루스가 몸을 날립니다만 공이 뒤로 빠지고 맙니다! 그사이 3루 주자와 2루 주자가 모두 홈인! 어틀리는 3루까지! 세이프! 3루에 들어갑니다.

―아~ 정말 아쉽네요. 이 실책 하나는 너무나도 뼈아픕니다. 압박감을 이기지 못한 걸까요? 베이커 감독이 고개를 푹 숙이는 모습이 보이네요.

지금의 이 실책으로 인해 점수 차는 1 대 3으로 벌어지고 말았다.

경기가 마지막을 향해 달리는 중이었기에 너무나도 뼈아픈 실점이었다.

TV에서 흘러나오는 해설자의 흥분한 목소리에 이끌려 모두의 시선이 화면으로 향했다.

잠시 뒤, 화면이 바뀌며 어틀리의 타구를 우익수인 브루스가 뒤로 흘리며 실책을 범하는 모습이 리플레이되고 있었다.

그렇게 리플레이가 지나간 뒤, 기븐스는 이제 알겠냐는 듯이 커쇼와 젠슨을 바라봤다.

"요약하자면 투수진이 탄탄한 거에 플러스 수비력이 뒷받침이 된다면 타선은 기본만 해도 충분하다, 이 말이죠?"

"그렇지. 오구오구. 역시 민우가 똑똑하네. 뭐, 제일 좋은 건 투수는 투수대로, 타자는 타자대로 포텐이 터지는 거지만 말이지. 시즌 막판의 우리 모습처럼 말이야."

기븐스는 장난스럽게 민우를 칭찬했지만, 그 마지막 말에는 강한 자신감이 담겨 있었다.

그 말에 민우도, 커쇼도, 젠슨도 가볍게 고개를 끄덕였다.

"누가 뭐래도, 월드 시리즈 우승은 우리 다저스의 거 아니겠어요? 푸른 피의 힘을 보여주자고요."

민우의 자신감 넘치는 말에 모두가 입꼬리를 씨익 말아 올리며 다시 한 번 고개를 끄덕거렸다.

"좋아, 좋아. 그런 자세. 다만 아직 챔피언십 시리즈까지는 며칠이나 남았으니까, 미리부터 힘 빼지는 말라고. 알았지?"

기브스가 어깨를 두드리며 하는 말에 민우가 가볍게 고개를 끄덕였다.

"예, 당연하죠."

지이잉—

순간, 주머니에 넣어 두었던 민우의 스마트폰에서 진동이 울렸다.

진지하던 민우의 표정이 순간 밝게 변했고, 평소답지 않게 다급한 동작으로 스마트폰을 꺼내 들었다.

그리고 그 내용을 확인한 민우가 기분 좋은 미소를 지어 보였다.

—한나 퍼거슨: 강민우 선수, 어머님께서 탑승 수속을 마치셨다고 연락이 왔어요. 도착 예정 시간은 오전 8시라고 하는데 혹시라도 변동이 생기면 다시 연락드릴게요. 그럼, 내일 봬요.

민우의 미소를 본 기브스가 덩달아 환한 웃음을 보이며 물음을 던졌다.

"아. 그러고 보니 민우 어머니가 미국에 오신다고 했지?"

기브스의 물음에 민우가 가볍게 고개를 끄덕였다.

"예. 어제 잠깐 통화했었는데 확실히 정해졌나 봐요. 내일 아침 비행기로 오실 예정이라고 에이전트에게 연락이 왔네요."

민우의 이야기에 기븐스를 포함한 세 선수가 모두 환한 웃음을 지으며 가볍게 축하를 건넸다.

민우와 마찬가지로 가족들과 떨어진 채, 미국으로 온 젠슨은 그런 민우를 조금은 부러운 시선으로 바라봤다.

"좋겠네. 어머니께서 오시면 맛있는 음식도 해주시겠지?"

젠슨의 말에 민우가 가볍게 고개를 끄덕이며 생각에 잠겼다.

'젠슨은 부양해야 할 가족이 많다고 했지. 그래서 미국에 모셔오기도 그렇고. 흠… 그럼 이러면 되겠네.'

"당연하지. 그래서 말인데, 한국 음식 한 번 먹어볼래?"

민우의 제안에 젠슨이 잠시 어리둥절한 표정을 지어 보였다.

"응? 뭐야? 지금 가족 식사에 초대해 주는 거야?"

"맞아."

민우의 긍정에 젠슨의 얼굴에 곧 미소가 피어올랐다.

"그래준다면야 고맙지! 언제? 내일 가면 되는 거야?"

민우는 잠시 생각을 하는 듯하더니, 곧 고개를 끄덕였다.

"응. 내일 훈련 끝나고, 저녁 7시에 여유 있게 내 숙소로 와."

젠슨은 민우의 말에 초롱초롱한 눈빛으로 고개를 끄덕였다.

그 모습에 가볍게 미소를 보인 민우는 곧, 커쇼와 기븐스에게도 시선을 보냈다.

"커쇼도 오고. 기븐스도 괜찮으면 같이 식사 하실래요?"

커쇼와 기븐스가 잠시 서로를 바라보더니 곧 고개를 끄덕이며 미소를 지어 보였다.

"난 좋아. 불고기도 가능해?"

"물론이지."

"이 세상에서 가장 맛있는 건 어머니의 밥이라고들 하지. 안 그래도 어머니가 해주신 밥을 먹어본 게 언제인지 기억도 안 나는데 잘됐네. 어디 민우 어머니가 차려주시는 밥이 얼마나 맛있을지, 기대해 봐도 될까?"

기븐스는 기대에 찬 눈빛으로 민우를 바라봤고 민우는 흔쾌히 고개를 끄덕였다.

"기대하셔도 좋아요. 특히 된장찌개가 일품이거든요."

"댄장춰개?"

기븐스는 한국 음식을 먹어본 적이 없는 듯, 처음 들어본다는 듯한 표정을 지어 보였다.

"후후. 예."

"좋아. 뭔진 모르겠지만, 기대해 보지!"

모두의 머릿속에 행복한 저녁 식사가 그려지고 있을 때, TV에서 다시 한 번 흥분한 해설자의 목소리가 들려왔다.

—헛스윙! 삼진! 릿지 선수가 마지막 아웃 카운트를 삼진으로 채우며 경기를 마무리 짓습니다. 필리스가 그레이트 아메리칸 볼파크에서 치러진 4차전을 승리로 장식하며 챔피언십 시리즈 진출에 성공합니다.

—신시네티 레즈의 포스트 시즌은 결국 이렇게 막을 내리고 맙니다. LA다저스의 상대는 필라델피아 필리스가 되었습니다. 챔피언십 시리즈는 필리스가 승률에서 우세를 보이고 있기에 필리스의 홈구장인…….

"결국 필리스구나."

모두의 시선은 어느새 TV로 향해 있었다.

TV엔 필리스의 선수들이 그라운드로 쏟아져 나와 서로를 얼싸안고 기뻐하는 모습이 보이고 있었고, 그 뒤로 신시네티의 선수들이 더그아웃의 난간에 기댄 채, 허탈한 표정을 짓고 있는 모습이 보이고 있었다.

승자와 패자의 대조적인 모습.

곧, 화면이 바뀌더니 홈에서 최악의 결과를 맞이하고만 신시네티의 팬들이 눈물을 흘리는 모습이 보였다.

"휴우. 우리 팬들이 저런 모습을 보이게 해선 안 되겠지?"

기븐스의 이야기에 민우가 무겁게 고개를 끄덕였다.

"물론이죠. 다저스를 응원하는 팬들은 월드 시리즈에서 저희랑 같이 기쁨을 나누게 될 거예요."

"쉽지는 않겠지……."

"그렇게 만들어야죠."

민우의 자신감 넘치는 말에 기븐스가 피식 웃으며 민우의 어깨에 팔을 둘렀다.

"좋아, 좋아! 네가 있어서 든든하다! 슬슬 돌아갈까? 오늘은 내가 태워줄게."

"그럼 감사하죠. 가시죠."

기븐스와 민우를 시작으로 선수들도 하나둘 라커 룸을 떠나 각자의 집으로 향했다.

*　　　　*　　　　*

필리스의 챔피언십 시리즈 진출이 확정된 뒤, 다저스의 팬커뮤니티에는 어느 팀이 우세를 가져갈 수 있을지에 대한 이야기가 오고 가고 있었다.

─결국은 필리스네.

─1차전 선발은 당연히 할러데이겠지?

─아마도? 신시네티와 1차전도 할러데이였잖아.

─할러데이는 조금 무서운데.

─신시네티의 핵타선도 할러데이 앞에선 맥을 못 추었으니까.

—뭐 그건 우리도 마찬가지긴 했지.

—우린 오스왈트한테도 털렸었잖아.

—크흑. 커쇼야 미안해. 무기력한 타선이라서.

올 시즌, 다저스의 대 필리스전 전적은 2승 4패.

특히 마지막으로 치러졌던 경기가 바로 할러데이와 커쇼의 맞대결이었다.

하지만 커쇼가 호투를 보였음에도 다저스의 타선이 오스왈트에게 꽁꽁 틀어 막혔고, 결국 패배를 기록하고 말았었다.

이처럼 다저스가 전적상 필리스에 우세를 보이고 있는 것은 아니었지만, 다저스의 팬들은 그런 성적은 대수롭지 않게 생각하고 있었다.

이유는 간단했다.

이런 성적은 모두 민우의 합류 이전에 작성된 기록이라는 점 때문이었다.

—뭐, 사실이 그렇긴 하지만. 이젠 조금 다르잖아. 우리가 가진 비장의 무기를 벌써 잊은 거야?

—코리안 몬스터! 어떻게 잊을 수가 있겠어. 우리가 지구 우승에 디비전 시리즈까지 싹쓸이할 수 있게 한 장본인인데.

—올 시즌 다저스는 민우 이전과 민우 이후로 나뉜다고 해도 과언은 아니지. 그래서 더더욱 기대가 되는 거고. 민우가

과연 오스왈트나 할러데이에게도 홈런을 날릴 수 있을지 말이야.

─뭐 안 봐도 뻔한 거 아니야? 민우는 이미 루키를 벗어났잖아. 갈아치운 기록만 몇 개인데. 신시네티랑은 다르다고.

누가 들으면 민우가 홀로 팀을 이끄는 것인가 하는 착각을 일으킬 법도 했지만, 사실 민우 한 명이 타선의 반을 홀로 책임졌다고 해도 과언은 아니었다.

그리고 민우의 합류 이후, 민우 개인적인 기록부터 다저스라는 팀이 이루어낸 결과가 모든 것을 말해주고 있었기에 팬들의 생각이 이런 식으로 흘러가는 것도 이해할 법했다.

─진짜 9월까지만 해도 가망이 없었는데, 이젠 오히려 기대가 되는걸. 내셔널리그 최고 승률 팀인 필리스를 누르고 우리가 월드 시리즈에 갈 수 있을지.

─최고 승률? 품, 우리랑 같은 지구였어 봐. 9월에 아주 초토화가 됐을걸?

─상상만 했는데도 벌써부터 두근거려.

─시간이 왜 이렇게 안가는 거야!

9월, 민우의 합류로부터 시작된 다저스의 돌풍이 어디까지 이어질지 팬들의 기대감은 하늘을 찌르고 있었다.

하지만 그들의 기대를 충족시켜 줄 수 있을지, 아닐지는 아직까지 알 수 없었다.

그렇게 각자의 바람을 담은 채, 시간은 흐르고 있었고 결전의 날이 조금씩 다가오고 있었다.

*　　　　*　　　　*

출국장의 게이트가 열리고 사람들이 하나둘씩 게이트를 빠져나오기 시작했다.

민우는 그런 사람들의 얼굴을 하나하나 살펴보고 있었고, 퍼거슨 역시 그런 민우를 따라 시선을 이리저리 돌리고 있었다.

그리고 어느 정도 시간이 흘렀을까, 민우의 두 눈이 크게 떠졌고, 곧 손을 번쩍 들어 흔들었다.

"어머니!"

민우의 목소리가 들려오자 왜소한 체구의 한 여성이 고개를 들어 올려 소리가 난 방향을 빠르게 훑어보기 시작했다.

그러고는 곧 민우를 발견하고는 환한 미소를 지은 채, 빠르게 달려왔다.

왜소한 체구의 여성은 민우의 어머니, 이연주였다.

"민우야!"

"어머니!"

서로를 향해 빠르게 달려간 두 사람은 곧 격하게 포옹을 나누며 감격스런 해후를 했다.

뒤늦게 그 곁으로 다가와 멈춰 선 퍼거슨은 그런 모자의 상봉에 뿌듯한 미소를 짓고 있었다.

잠시 그렇게 부둥켜안고 있던 두 사람이 천천히 떨어졌다.

이연주는 빨개진 두 눈으로 민우의 몸부터 얼굴까지 구석구석을 살피고, 쓰다듬고는 미소를 지으며 민우를 올려다보았다.

"그동안 잘 있었지? 어디 아프거나 다친 데는 없고? 몸이 더 커진 것 같아서 보기 좋구나."

민우는 그런 어머니의 모습에 가볍게 미소를 짓다가, 무언가 이상한 것을 눈치챈 듯, 이연주의 몸을 이리저리 살폈다.

"저야 하는 일이 운동이니까 당연히 건강하죠. 그런데 어머니는 그 동안 잘 지내신거 맞아요? 왜 이렇게 살이 빠지셨어요."

이연주는 한국에서 마음고생이 심했는지, 전에 비해 눈에 띄게 수척하고 여위어 보였다.

민우의 걱정스러운 물음에 어머니는 가볍게 고개를 저으며 미소를 보였다.

"원래 나이 먹으면 그래."

하지만 민우는 그 말이 자신을 걱정시키지 않기 위해 하는 말이라는 것을 잘 알고 있었다.

"아이고. 아직 50도 안되신 분이 그러면 어떡해요. 안되겠어요. 미국에서 10kg은 찌워서 가셔야 돼요. 아니면 저 한국 못 보내드려요."

민우의 그런 투정 아닌 투정에 연주는 옅게 웃으며 민우의 등을 쓸어내렸다.

"그래. 알았다. 알았어. 우리 아들이 그러라면 그래야지."

잠시 그렇게 둘만의 시간을 보내는 모습을 바라보던 퍼거슨이 천천히 그들에게 다가갔다.

곁으로 TV에서나 볼 법한 늘씬한 금발 미녀가 다가오는 모습에 연주의 시선이 자연스레 옆으로 돌아갔다.

그러고는 다시 민우를 바라보며 조용히 입을 열었다.

"민우야, 그런데 이 아리따운 분은 누구니? 아는 사람이니?"

"안녕하세요. 강민우 선수의 에이전트를 맡고 있는 한나 퍼거슨입니다."

퍼거슨이 나긋나긋한 목소리로 인사와 함께 자신을 소개하며 허리를 가볍게 숙였다.

그 모습에 잠시 놀란 민우가 곧 빠르게 정신을 차리고는 한국어로 그 말을 대신 전해주었다.

"이분은 제가 메이저리그로 올라가는 데 큰 힘을 써주신 에이전트예요. 이름은 한나 퍼거슨. 외모만큼이나 그 실력도 일품인 분이에요."

민우의 설명에 그제야 이해했다는 듯, 가볍게 입을 벌린 이연주가 급히 퍼거슨을 향해 허리를 마주 숙여 보였다.

"아! 그렇구나! 이분이 그 에이전트셨구나. 만나서 반가… 아니지. 음, 나이스 투 미트 유. 마이 네임 이즈 이연주. 하우 아 유."

이연주의 어색한 영어에 퍼거슨이 옅게 웃으며 대답해 주었다.

"베리 굿. 음… 그럼 일단 자리부터 옮길까요? 어머니께서 꽤 피곤하실 테니 여기서 계속 서 있기보단 숙소로 가는 게 좋을 것 같네요."

퍼거슨의 제안에 민우도 흔쾌히 고개를 끄덕이고는 어머니를 모시고 빠르게 움직이기 시작했다.

*   *   *

지글지글.

주방에서 찌개가 맛있게 끓는 소리가 들려오고 있었다.

그리고 그 앞에서 이연주가 손에 칼을 들었다가, 숟가락을 들었다 하며 정신없이 움직이고 있었다.

그 모습을 기분 좋게 보고 있던 민우가 천천히 자리에서 일어나는 순간.

"가만히 있으랬지?"

"옙."

이연주는 귀신처럼 민우의 움직임을 알아채고는 돌아보지도 않은 채 민우의 주방 진입을 저지했다.

민우는 그런 어머니의 말에 일어나던 자세 그대로 다시 조용히 자리에 앉았다.

그러고는 천천히 고개를 돌려 옅게 미소를 짓고 있는 퍼거슨을 바라봤다.

"퍼거슨. 된장찌개 좋아하세요?"

퍼거슨은 그 물음에 가볍게 고개를 끄덕였다.

"LA에 있는 한식집에서 몇 번 먹어봤어요. 진한 맛이 좋더군요."

"다행이네요. 저희 어머니 된장찌개가 정말 맛있거든요."

퍼거슨이 대답에 민우가 미소를 지으며 가볍게 자랑을 하고는 다시 시선을 돌려 주방을 바라봤다.

퍼거슨 역시 시선을 돌려 주방을 바라봤다.

한인 마트에 들러 식재료를 사고, 민우를 숙소까지 내려주고 돌아가려 할 때, 이연주가 그녀를 붙잡았다.

식사나 하고 가라는 말에 퍼거슨도 흔쾌히 수락을 했고, 그결과 지금 민우와 나란히 앉아 하나씩 차려지는 밥상을 기다리고 있는 것이었다.

'어머니가 차려주는 밥이라…….'

잠시 창가로 시선을 돌린 퍼거슨은 기억을 더듬는 듯, 아련한 표정을 지었다.

그렇게 민우와 퍼거슨이 조용히 기다린 지 얼마가 흐른 뒤, 주방에서 달그락거리는 소리가 멈췄다.

"자~ 마음에 들지 모르겠지만 많이 들어요."

불고기를 시작으로 잡채, 그리고 구수한 냄새를 풍기는 된장찌개까지.

이연주의 정성이 가득 담긴 진수성찬이 차려지자 퍼거슨의 눈이 초롱초롱하게 빛이 났다.

민우 역시 오랜만에 맛보는 어머니의 밥상에 군침이 도는 것을 느끼며 행복한 미소를 지어 보였다.

"잘 먹겠습니다!"

민우는 평소와는 전혀 딴판인 모습으로 허겁지겁 밥과 반찬, 그리고 찌개를 해치우기 시작했다.

"아닙니다. 저도 그럼 감사히 잘 먹겠습니다."

점잖은 표정을 지은 채 천천히 숟가락을 든 퍼거슨은 자신의 앞에 따로 덜어져 있는 된장찌개를 한 숟갈 들어 올렸다.

호로록.

가볍게 된장찌개의 맛을 본 퍼거슨의 두 눈이 크게 떠졌다.

'맛있어!'

자신이 지금까지 다녔던 한인 음식점에서 맛보았던 찌개와는 차원이 다른 맛이었다.

"급하게 해서… 입에 맞을지 모르겠네요."

이연주의 말은 민우의 통역을 거쳐 퍼거슨에게 전해졌고, 퍼거슨은 놀란 표정으로 빠르게 고개를 저었다.

"아뇨. 너무 맛있네요."

"호호. 그럼 다행이고요. 다른 것도 많이 들어요."

한 번 된장찌개의 맛을 본 퍼거슨의 시선은 곧 식탁을 가득 채우고 있는 다양한 음식으로 향했고, 곧 그 움직임이 조금씩 빨라지기 시작했다.

그리고 그런 둘의 모습을 이연주가 흐뭇한 표정으로 바라보고 있었다.

퍼거슨이 행복한 표정을 지은 채, 돌아가는 모습을 본 이연주가 민우의 옆구리를 쿡 찔렀다.

"어디서 저런 어여쁜 여성분을 알게 된 거니. 정말 그냥 에이전트니? 저 여자랑 그렇고 그런 관계는 아니고?"

이연주의 음흉한 표정에 민우가 놀란 표정을 지으며 손을 내저었다.

"아이고, 어머니! 그럴 리가요. 저 여기 와서 야구만 했어요."

"왜 발끈하고 그러니. 장난인데. 호호."

그렇게 잠시 장난을 주고받은 모자는 곧 식탁에 마주 앉아 그동안의 이야기를 하나하나 풀어가기 시작했다.

민우가 미국에 와서 겪었던 일들을 하나하나 들으며 이연주는 웃고, 또 울다가 다시 웃기를 반복했다.

그리고 다저스가 챔피언십 시리즈에 진출하게 되었다는 것을 끝으로 민우의 짧고도 길었던 이야기가 끝이 났다.

"우리 아들. 정말 대단한 사람이 됐구나. 아빠도 정말 자랑스러워할 거야."

이연주는 가볍게 눈물을 훔치며 미소를 지어 보였고, 민우는 그런 어머니의 손을 꼭 잡아주었다.

"어머니. 이제 아무 걱정하지 마세요. 저 이렇게 당당하게 잘하고 있어요. 어머니 말씀대로 저 이제 누구한테도 밀리지 않을 당당한 선수가 되었고요. 그러니까 이젠 한국에 돌아가서도 연락도 자주 하고 그래요."

"그래. 알았다. 우리 아들이 이렇게 큰 사람이 된 걸 알았으니까, 엄마도 걱정하지 않으마."

이연주의 말에 민우가 씨익 웃으며 고개를 끄덕였다.

말은 저렇게 해도 결국 한국에 돌아간다면 자나 깨나 자신의 걱정을 할 것이라는 걸 알고 있었다.

그럼에도 민우는 그저 가만히 어머니의 손을 감싸 쥘 뿐이었다.

그날 저녁, 민우는 한 무리의 선수들을 데려왔고, 이연주는 다시 한 번 정성스러운 식사를 차려주었다.

"우오오오오!"

"맛있어!!"

"이런 맛은 처음이야. 제 어머니가 되어주시겠습니까."

"기브스. 그건 조금 곤란한데요. 저희 어머니는 아직 젊으시다고요."

민우가 초대한 커쇼, 젠슨, 기브스는 온몸으로 맛을 표현하며 이연주의 입가에 진한 미소가 피어오르게 하고 있었다.

민우가 미국에서 겪었던 많은 이야기를 해주었었다.

하지만 이연주는 한편으로 걱정스러운 마음을 모두 지우지 못하고 있었다.

흔히들 부모의 눈에 자식은 성인이 되어도 물가에 내놓은 애처럼 걱정이 된다고들 한다.

그리고 이연주의 눈에도 민우는 그런 존재였다.

어릴 적, 불의의 사고로 큰 고통을 겪었고, 이후에도 많은 걸 해주지 못했었다.

야구를 다시 시작한다고 했을 때만 하더라도 꿈을 향해 등을 밀어주면서도 속으로는 끙끙 앓았던 그녀였다.

머나먼 타국에서 선수 생활을 해야 했기에, 혹시나 선수들과 어울리지 못하지는 않을까 걱정했었다.

하지만 걱정했던 것과 달리 동료들과도 친분이 몹시 두터워 보였다.

그런 민우의 모습은 이연주의 마음에 남아 있던 일말의 걱정마저 깨끗하게 지워지게 하고 있었다.

단 반년 만에 민우는 자신의 꿈을 모두 이룬 듯 보였다.

일찍이 그 꿈을 알아채지 못했던 것이 그저 미안할 뿐이었다.

선수들과 장난스러운 대화를 주고받는 민우를 바라보던 이연주는 곧 민우가 말해주었던 이야기를 떠올렸다.

'월드 시리즈 우승이 목표라고 했지.'

민우의 말대로 이제 남은 것은 챔피언십 시리즈, 그리고 월드 시리즈였다.

그리고 민우가 그녀를 미국까지 데려온 것도 그 거대한 무대에서 당당하게 뛰는 아들의 모습을 어머니가 직접 보고 느끼기를 바라기 때문이라는 것도 알았다.

그리고 그녀 역시 메이저리그라는 최고의 무대에서 아들이 이루어낼 결과를 직접 보고 싶은 마음이 있었다.

"잘 먹었습니다."

"최고였습니다!"

"어머니! 다음에 또 와도 되겠습니까?"

"기븐스만 빼고 다 허락하겠습니다."

민우는 기븐스의 장난에 장난으로 응수했고, 그 모습에 모두가 크게 웃음을 보였다.

"호호. 제가 있을 동안엔 언제든지 환영이에요. 엄마라고 생각하고 밥 생각나면 언제든지 오세요. 그리고 우리 민우, 잘 부탁해요."

이연주의 말을 전해 들은 세 선수가 모두 크게 고개를 끄덕였다.

　"걱정하지 마십쇼. 오히려 이 녀석이 저흴 챙겨주는데요. 하하."

　기븐스의 이야기에 이연주의 입가에 피어오른 미소가 더욱 커져갔다.

　이후, 구로다를 포함한 다른 선수들까지 민우의 집을 찾았고, 그때마다 이연주는 군말없이 맛있는 음식들을 차려주며 내 자식 챙기듯 대해주었다.

　민우는 혹여나 어머니가 심심하실까, 퍼거슨이 붙여준 수행원의 도움을 받아 LA의 명소들을 돌아다니며 그동안 나누지 못했던 가족 간의 행복한 시간을 보냈다.

　그렇게 챔피언십 시리즈 1차전이 치러질 날도 서서히 다가오고 있었다.

제5장

가까워지는 꿈

"몸조심하고. 어디가 좀 아프다 싶으면 그냥 빼달라고 해. 알았지?"

이연주의 걱정이 담긴 목소리에 민우가 가볍게 웃으며 고개를 끄덕였다.

"걱정하지 마세요. 그런데, 정말 안 가실 거예요? 지금이라도 말씀하시면 같이 갈 수 있어요."

"응. 비행기도 너무 피곤하고, 여기서 TV로 보는 게 훨씬 마음이 놓일 것 같아서. 3차전부터는 홈에서 하는 거라며? 그때는 꼭 가서 볼게."

이런 저런 핑계를 대고 있었지만, 이연주는 속으로 떨리는 마음을 주체하지 못하고 있었다.

민우의 부상 이후, 단 한 번도 찾아본 적이 없는 야구장이었다.

민우의 배려로 미국까지 날아온 참이었지만, 막상 경기장에 직접 발을 들이려니 가슴이 떨려와 차마 용기가 나지 않았다.

마침 1, 2차전은 4시간여의 비행을 해야 하는 필리스 원정이었기에 이연주는 그런 핑계를 대며 직접 경기장을 찾는 것을 다음으로 미루고 있는 것이었다.

민우는 어머니가 직접 보지 못한다는 것에 아쉬움을 느끼고 있었다.

하지만 한국에 계실 때보다 왜소해진 체구에 저렇게까지 말씀하시니 억지로 강요할 수는 없었다.

'아쉽지만. 원정 경기가 불편하긴 하실 테니까…….'

민우는 결정을 내린 듯, 가볍게 고개를 끄덕였다.

"알겠어요. 그럼, 홈에서 경기할 때는 꼭 오셔서 봐주세요. 알았죠?"

"그래그래. 알았으니까, 얼른 가봐. 밑에서 기다리고 있다며?"

이연주는 민우의 등을 가볍게 밀었고, 민우는 그 힘을 이기지 못하겠다는 듯 천천히 걸음을 옮겼다.

"그럼, 다녀오겠습니다. 이틀 뒤에 바로 돌아올 거니까 조금만 기다리시고, TV로라도 꼭 보세요!"

"그래. 잘 다녀와라."

마지막 인사와 함께 엘리베이터의 문이 천천히 닫혔다.

그리고 이연주의 입가에 지어져 있던 미소도 천천히 옅어져 갔다.

'여보. 우리 아들, 다치지 않게 꼭 돌봐줘요.'

잠시 기도하듯 손을 모은 채, 두 눈을 감고 있던 이연주가 천천히 몸을 돌렸다.

*　　　*　　　*

4시간여의 비행 끝에 필라델피아에 도착한 다저스의 선수단은 곧장 구단이 마련한 전세 버스에 몸을 실었다.

그렇게 하나둘, 자리에 앉은 선수들의 표정은 마치 연장 12회까지 경기를 뛰고 숙소로 향하는 이들처럼 피로가 가득 담겨 있었다.

그리고 그 사이에서 민우 역시 약간의 피로감을 느끼며 등받이에 몸을 맡기고 있었다.

'비행기가 좋다고 해도, 피곤한 건 어쩔 수 없구나.'

미국으로 온 뒤, 몇 번이고 탔던 비행기였지만 4시간여의 비행은 정말 오랜만이었기에 민우 역시 피로감이 느껴지는 것을 어쩔 수 없었다.

선수들은 가볍게 기지개를 펴면서도 하소연 하듯 투덜거림을 내뱉고 있었다.

"이런 장거리 비행이 얼마만이냐."

"어우~ 찌뿌둥해."

"필리스 이 괴물 같은 녀석들. 97승이나 해가지고 사람을 피곤하게 만드냐."

"이거 첫날부터 할러데이한테 탈탈 털리는 거 아닌가 모르겠네."

"말이 씨가 된다. 할러데이한테 탈탈 털리는 게 아니라, 우리가 할러데이를 탈탈 털어야지. 안 그러니, 민우야?"

한 선수의 말에 돌연 버럭하며 한 소리를 내뱉던 기븐스가 민우를 바라보며 씨익 웃어 보였다.

그리고 모두의 시선 역시 민우에게로 쏠렸다.

민우는 그 시선에 잠시 당황했지만, 가볍게 웃으며 고개를 끄덕였다.

"할러데이한테 홈런을 쳐야 포스트 시즌 4경기 연속 홈런 기록을 세울 수 있으니까… 당연히 털어줘야죠."

민우가 대답과 함께 주먹을 가볍게 들어 보이자 기븐스가 역시나 하는 표정을 지으며 선수들을 바라봤다.

"좋아좋아! 홈런 얘기 나온 김에, 다들 홈런볼 하나씩 먹고 경기하자고."

"기븐스, 아직도 그걸 믿는 거야?"

기븐스의 외침에 토를 단 것은 존슨이었다.

"뭐야? 너 지금, 홈런볼의 영험함을 믿지 못하겠다는 거야?"

"아니, 글쎄 그건 우연이라니까 그러네. 그리고 만약에 그게 있다고 해도, 경기에 나가야 써먹지."

존슨의 말에 잠시 발끈한 표정을 짓던 기븐스는 뒤이어 나온 이야기에 급격히 시무룩한 표정을 지으며 자리에 앉았고, 그 모습이 재미있다는 듯, 몇몇 선수가 낄낄거리면서 분위기가 환하게 바뀌었다.

민우 역시 그런 둘의 모습을 보며 피식거리다가 천천히 창밖으로 시선을 돌렸다.

'에이스 대 에이스의 대결인가.'

내셔널리그 챔피언십 시리즈 1차전에서 양 팀은 각각 에이스 투수를 내세웠다.

필리스를 무너뜨리기 위해 다저스가 1차전 선발투수로 선택한 이는 좌완 '차세대 에이스', 커쇼였다.

그리고 이에 맞서 필리스에서 선택한 투수는 모두의 예상대로 우완 'DOC' 할러데이였다.

'이닝 이터에 다양한 구종을 가졌으면서도 그 모든 구종을 평균 이상으로 던질 줄 아는 투수. 뛰어난 제구력에 어떤 상황에서도 스트라이크존에 꽂아 넣을 수 있는 투수라고 했지.'

할러데이는 한 마디로 종잡을 수 없는 스타일의 투수였다.

스스로 뒤처진다고 생각할 때마다 과감하게 새로운 구종을 익히고, 약해진 구종을 포기하는 등 끊임없이 피칭 스타일을 바꿔온 투수였다.

그리고 올 시즌엔 스플리터의 궤적을 보이는 체인지업의 비율을 10% 이상 끌어올리며 쏠쏠한 재미를 보고 있었다.

최고 구속 95마일의 포심, 투심, 커터와 평균 구속 80마일 초중반의 커브, 체인지업을 던질 줄 알았으며, 구종을 가리지 않고 모두 위력적인 구위를 보였다.

특히 스트라이크존의 구석구석에 꽂아 넣을 줄 아는 칼 같은 제구력은 가히 일품이라고 할 수 있었다.

'교수님'이라는 별명이 괜히 나온 것이 아니었다.

스카우팅 리포트와 각종 자료에서 살펴본 내용을 빠르게 정리한 민우는 그 내용만으로도 쉽지 않은 경기가 될 것 같은 느낌에 미간을 가볍게 찌푸렸다.

'이거 1차전은 꼭 따내야 해. 자칫 잘못하면 분위기가 완전히 넘어가서 신시네티 꼴이 날지도 몰라.'

신시네티는 1차전에서 할러데이에게 노히트노런이라는 대기록의 희생양이 되었고, 그 충격은 2차전까지 이어졌다.

그렇게 1, 2차전을 내어준 신시네티는 3차전에서 승리하며 반등을 노렸지만 4차전에서 패배하며 디비전 시리즈 탈락의 쓴맛을 보고 말았다.

결국 1, 2차전의 패배가 발목을 잡고 만 것이었다.

민우는 에이스 맞대결인 1차전을 잡는 팀이 곧 시리즈를 유리하게 가져갈 수 있다는 생각과 함께 새로 구입한 특성을 떠올렸다.

'존재감' 특성이 얼마나 효과를 발휘할 수 있을까.'

챔피언십 시리즈 진출을 확정지은 경기에서 모자란 70포인트를 채울 수 있었고, '존재감' 특성을 구입할 수 있었다.

민우가 출루에 성공하면 상대 투수의 모든 능력치를 3% 감소시킬 수 있는 것이 바로 '존재감' 특성의 효과였다.

줄어드는 수치가 고정수치가 아닌 퍼센티지로 적용되는 것이었기에 할러데이처럼 뛰어난 능력을 보이는 투수에게는 그 낙폭이 더 클 것이라고 예측할 수 있었다.

'뭐, 실제로는 나가봐야 알겠지만……'

특성의 효과는 결국 경기에 들어가 봐야 알 수 있는 것이었다.

"민우, 아~ 해!"

그렇게 민우가 생각에 잠겨 있는 사이 선수들에게 홈런볼을 하나씩 먹인 기븐스가 민우에게도 홈런볼을 내밀고 있었다.

민우는 그런 기븐스의 행동에 피식 웃고는 홈런볼을 받아먹으며 그 장단에 맞춰주었다.

"오구오구, 잘 먹네."

기븐스는 홈런볼을 씹어 먹는 민우의 모습을 과장스러운 미소를 지으며 바라보고는 곧 다른 선수에게로 향했다.

'뭐, 이렇게라도 기댈 곳이 있는 건 좋은 거지.'

그렇게 각자의 생각을 뒤로 한 채, 피로에 전 선수들을 실은 버스가 숙소로 잡힌 호텔을 향해 빠르게 이동하기 시작했다.

*　　　*　　　*

필라델피아 필리스의 홈구장인 시티즌스 뱅크 파크에는 월드 시리즈르 향하는 첫 번째 관문인 챔피언십 시리즈 1차전을 관람하기 위해 일찍부터 수많은 관중이 자리를 잡고 있는 상태였다.

그리고 필리스의 마스코트, 필리 패너틱(Phillie Phanatic)이 초록색 털을 이리저리 휘날리며 팬들이 지루할 틈이 없게 만들고 있었다.

필리 패너틱의 행동 하나하나에 관중들이 자지러지며 웃는 모습이 민우의 눈에 보이고 있었다.

가볍게 몸을 풀던 민우는 관중석에서 익살스러운 춤을 추고 있는 필리 패너틱을 바라봤다.

"다들 즐거워 보이네요. 다저스에도 저런 마스코트가 있으면 괜찮을 것 같은데, 어떻게 생각해요?"

그 물음에 민우의 곁에서 같이 몸을 풀던 기븐스가 씨익 웃어 보였다.

"있잖아. 내 옆에."

아무렇지도 않게 대답하는 기븐스의 모습에 민우가 잠시 멍한 표정을 짓더니 이내 고개를 절레절레 저었다.

기븐스는 민우의 반응이 재미있다는 듯 큭큭거리며 몸을 들썩였다.

민우와 기븐스 외에도 선수들은 가벼운 장난을 주고받으며 경기에 대한 긴장을 풀고 있었고, 경기 시간은 빠르게 다가왔다.

*　　　*　　　*

시티즌스 뱅크 파크는 타자 친화적인 구장으로 잘 알려져 있었다.

특히, 센터필드가 넓은 데 더해 좌중간에서 중앙으로 이어지는 일직선의 펜스 중간에 돌출된 부분이 존재했는데 이 부분이 수비에 은근히 까다로운 점을 제공했다.

타구가 이 부근으로 날아가면 종종 야수의 예측과 어긋나는 방향으로 타구가 튕겨 나가면서 3루타도 심심치 않게 나왔고, 인사이드 더 파크 홈런도 종종 터지는 것을 볼 수 있었다.

여기에 2006년 좌측 펜스를 1.5미터 낮추면서 더더욱 타자 친화적인 구장의 모습을 보이고 있었다.

이런 구장을 홈구장으로 사용하면서도 시즌 21승을 기록한 것이야말로 할러데이가 올 시즌 얼마나 압도적인 모습을 보였는지를 알려주는 것이기도 했다.

민우 역시 공격에서 할러데이를 어떻게 공략할 것인지를 신경 쓰고 있었다면, 수비에서는 넓은 센터필드와 좌중간 돌출 펜스에서의 불규칙 타구를 어떻게 이용할 것인가에 대한 점을 신경 쓰고 있었다.

중견수를 맡고 있는 민우였기에 코치가 가장 주의해야 할 점으로 알려준 부분도 바로 돌출 펜스 부분이었다.

'시티즌스 뱅크 파크를 홈구장으로 사용하는 필리스 선수들이야말로 이 구장의 이점을 가장 잘 이용할 줄 알 거야.'

필리스의 선발 라인업에서 1루수인 하워드와 포수인 루이즈를 제외하고는 웬만한 선수들은 평균 이상의 빠른 발을 소유하고 있었다.

빅토리노, 롤린스, 어틀리, 워스까지.

이 4명이 합작한 도루 개수가 77개였다.

그만큼 빠른 발과 센스를 겸비한 선수들이라는 뜻이었고, 시티즌스 뱅크 파크에서 숱한 경기를 치렀던 경험이 있는 선수들이었다.

민우는 이런 선수들이라면 자신이 때려낸 타구의 궤적만 보고도 그 타구가 어느 방향으로 튕겨 나갈지를 짐작할 수 있으리라는 생각을 하고 있었다.

하지만 민우는 남들이 알지 못하는 비장의 수가 있었다.

타구의 궤적을 알려주는 라인, 그리고 낙구 지점을 알려주는 반원.

이런 특수한 능력이야말로 민우의 수비를 더욱 강인하게 만드는 점이었다.

민우가 더그아웃 난간에 기댄 채, 필리스 선수들을 하나하나 훑어보기 시작했다.

'뛰어봐라. 그럼 난 잡아줄 테니까.'

민우의 각오와 함께 월드 시리즈 진출을 가리는 그 첫 번째 경기가 시작되었다.

2개의 아웃 카운트가 순식간에 채워지고, 타석에는 오늘 경기에서 3번 타자로 나선 로니가 굳은 표정을 짓고 있었다.

볼카운트 2—2 상황.

슈우우욱!

팡!

"스트라이크 아웃!"

할러데이의 공이 로니의 무릎 앞, 스트라이크존의 구석을 정확하게 파고들었다.

그리고 그 공을 따라 로니의 배트가 매섭게 돌아 나왔지만, 기다렸던 타격음 대신, 가죽이 울리는 묵직한 소리가 들려왔다.

"젠장!"

로니는 스트라이크존을 찌르는 공이었음에도 건드리지도

못했다는 것에 화가 난 듯, 배트를 던지고, 뒤이어 헬멧까지 벗어 옆으로 던지며 분을 삭혔다.

필리스의 팬들은 로니가 크게 헛스윙을 하며 돌아서는 모습에 환호성을 내지르며 기뻐하는 모습을 보였다.

"와아아아!!"

"1이닝 3삼진이라니! 오늘은 퍼펙트할 기세인데?"

"다저스 녀석들 3연승 하고 올라왔다더니 별거 아니네."

마치 누구더러 들으라는 듯이 내뱉는 관중들의 외침은 다저스의 더그아웃까지 들려오고 있었다.

그러자 벤치에 앉아 그라운드를 바라보고 있던 몇몇 선수의 미간이 꿈틀거렸다.

"신경 쓰지 마라. 저런 도발이야 늘 있던 일이잖아."

"그래. 경기도 이제 겨우 1회가 지났을 뿐이야. 열 낼 기운 있으면 기회가 왔을 때 쏟아 붓자고."

미묘한 분위기를 감지한 블레이크와 기븐스가 선수들을 다독이며 잠깐의 술렁임은 잦아들었다.

'다들 디비전 시리즈 때보다 훨씬 예민하네. 아마 다들 오늘 경기의 중요성을 알고 있어서 그렇겠지.'

월드 시리즈의 진출을 앞에 두고 치러지는 첫 번째 관문.

일정상 1차전 이후, 5차전에서도 할러데이를 상대해야 하는 다저스였다.

만약 4연패로 챔피언십 시리즈에 탈락한다면 할러데이를

만날 일은 없었지만 그런 일은 절대로 있을 리도 없고, 있어서도 안 되는 일이었다.

반대로 최상의 시나리오는 1차전에서 할러데이를 무너뜨리고, 디비전 시리즈에서처럼 연승 가도를 달려 2, 3, 4차전까지 한 번에 쓸어버리는 것이었다.

'물론 어렵겠지만, 뭐가 어찌 됐건 1차전을 우리가 가져가야 한다는 사실은 변함이 없어. 그리고 그건 필리스도 마찬가지 겠지.'

공격도 중요하지만 그만큼 수비가 제 역할을 해주어야 한다.

민우는 기븐스가 했던 이야기를 되새기며 빠르게 수비 위치로 달려 나갔다.

마운드 위의 커쇼가 가볍게 심호흡을 한 뒤, 특유의 투구 폼으로 마지막 공을 뿌렸다.

슈우욱!

팡!

"스트라이크 아웃!"

스트라이크존의 바깥쪽 아래.

구석을 정확히 찌르는 너무나도 완벽한 포심 패스트볼에 필리스의 3번 타자, 어틀리가 선 채로 삼진을 헌납하고는 배트를 늘어뜨리며 고개를 절레절레 저었다.

그와 대조적으로 커쇼가 주먹을 불끈 쥐며 괴성을 내지르고는 천천히 마운드를 내려가고 있었다.

그 압도적인 모습에 시티즌스 뱅크 파크에는 잠시 정적과 함께 탄식이 들려왔다.

'에이스 대 에이스의 대결이라는 것이 바로 이런 것이다'라고 말하는 것만 같았다.

더그아웃으로 향하며 민우와 나란히 선 이디어가 휘파람을 불었다.

"커쇼가 오늘 기합이 제대로 들어갔는데?"

"그만큼 이 경기를 중요하게 생각한다는 거겠죠."

"뭐야! 그럼 나는 대충한다는 소리냐, 이 자식아!"

이디어는 짐짓 발끈했다는 듯한 표정으로 민우에게 달려들었다.

"으악!"

그 모습에 민우 역시 과장되게 움츠러드는 듯한 몸짓을 하고는 더욱 빠른 뜀박질로 더그아웃을 향해 달려갔다.

그렇게 민우와 이디어는 가볍게 장난을 치며 알게 모르게 몸을 굳어지게 만들던 과도한 긴장을 풀고 있었다.

2회 초.

타석에는 오늘 경기에서 로니와 자리를 바꿔 4번 타자를 맡은 블레이크가 들어서 있었다.

하지만 블레이크라고 할러데이의 공에 쉬이 정타를 때릴 수는 없는 듯 보였다.

슈우욱!

무릎 앞을 파고드는 몸 쪽 꽉 찬 포심 패스트볼에 블레이크의 배트가 매섭게 돌아 나왔다.

딱!

하지만 배트가 부러지는 듯한 소리와 함께 타구는 크게 휘어져 1루 측 관중석으로 튕겨 날아갔다.

1루심은 곧장 양손을 들어 보이며 파울임을 선언했다.

블레이크는 곧장 배트를 가볍게 살피더니 뒤로 돌아 더그아웃 방향으로 향했고, 곧 새로운 배트를 받아 들고는 대기 타석에 선 민우의 곁으로 다가왔다.

민우는 빠르게 그립 가드를 들어 블레이크에게 건넸고, 블레이크는 빠르게 배트의 손잡이 부분에 그립 가드를 문대고는 민우에게 투덜거리듯 한 마디를 건넸다.

"공이 장난이 아니다. 민우 너도 평소보다 더 집중해야 될 거야."

곧, 경기를 지체하지 않기 위해 블레이크가 빠르게 타석으로 돌아갔고, 민우는 그 뒷모습을 지켜보며 생각에 잠겼다.

'확실히 오늘 할러데이의 공은 위력적이야. 올해 사이영상 후보다워. 매덕스가 이 시대를 살았다면 저런 제구를 보이지 않았을까.'

매덕스는 '어떤 구종이든 원하는 곳에 원하는 속도로 꽂아 넣을 수 있는 투수'에 더해 '실투가 없는 투수'라는 수식어가 따라붙을 정도로 정교한 컨트롤을 자랑했었다.

그 특징은 스트라이크존의 가운데에 쏠린 공이 없는, 좌우의 경계선을 절묘하게 이용하는 투구에 있었는데, 지금 할러데이가 마치 매덕스가 그랬던 것과 같은 모습을 보이고 있었다.

슈우욱!

틱!

쿵!

또 하나의 공이 뿌려졌고, 곧 블레이크의 배트와 스쳤고, 강하게 회전이 먹은 타구가 백스톱에 부딪히며 요란한 소리를 내뱉었다.

계속해서 배트의 중심에 맞추지 못하고, 타이밍이 어긋나는 모습이었다.

잠시 '악바리' 특성을 떠올렸던 민우는 그 모습에 가볍게 고개를 저었다.

'저런 제구력이라면… 몸에 맞춰주거나 하는 요행을 바랄 수도 없겠지.'

이미 일찍이 2스트라이크를 먼저 잡아둔 할러데이가 다시 한 번 강하게 공을 뿌렸다.

슈우욱!

스트라이크존의 바깥쪽 구석으로 살짝 휘어지는 커터에 블레이크의 배트 빠르게 돌아 나왔다.

딱!

투박한 타격음과 함께 블레이크의 타구가 처음으로 전방을 향해 날아가기 시작했다.

하지만 스위트 스폿에 제대로 맞추지 못한 듯, 큰 포물선을 그리며 떠오른 공은 얼마 뻗어가지 못했다.

팍!

우익수인 워스가 가볍게 몇 걸음을 움직여 블레이크의 타구를 잡아냈고, 가볍게 스텝을 밟으며 그 공을 다시 내야로 보냈다.

그와 함께 전광판 아래에 자리한 아웃 카운트를 알리는 숫자가 0에서 1로 바뀌었다.

그리고 전광판의 화면이 바뀌며 민우의 프로필이 출력되었다.

그러자 시티즌스 뱅크 파크의 관중들이 일제히 '우우!'하는 야유와 함께 거친 말들을 내뱉기 시작했다.

"애송이!!"

"넌 오늘 여기서 단 한 개의 안타도 칠 수 없을 거다!"

"할러데이의 공이 얼마나 무서운 지 똑똑히 지켜봐라!"

하지만 민우는 그런 말들은 신경 쓰지 않는다는 듯 무표정한 얼굴로 천천히 타석으로 향할 뿐이었다.

'굳이 신경 써봤자 나만 손해일 뿐.'

어차피 그들이 할 수 있는 건 야유를 보내는 것뿐이었다.

민우에게 직접 영향을 주는 건 경기장 안에 있는 선수들, 그리고 마운드 위의 투수, 할러데이뿐이었다.

"오랜만이야?"

민우가 배터 박스에 들어서자, 포수인 루이즈가 씨익 웃으며 말을 걸어왔다.

하지만 입가에 걸린 웃음과 달리 그 눈빛은 매섭게 빛나고 있었다.

민우는 그 눈빛에서 과거, 데뷔 타석에서 홈런을 때렸던 것을 떠올리고는 가볍게 미소를 지어 보였다.

"오늘도 잘 부탁드립니다."

여전히 예의가 바른 민우의 모습에 피식 웃은 루이즈가 가볍게 고개를 저었다.

"미안하지만 오늘은 안 돼. 그때는 데뷔 기념 서비스였던 것뿐이니까. 오늘은 요행을 바라지 말라고."

그때의 홈런은 민우의 실력이 아니다.

운이 좋아서 날린 홈런이다.

루이즈의 말에는 이런 의미가 담겨 있었다.

'나 같은 건 마음만 먹으면 잡을 수 있다 이거군. 후후.'

루이즈의 말에 담긴 의미를 깨달은 민우가 천천히 고개를 돌리며 가볍게 말을 뱉었다.

"요행인지 실력인지는 오늘 확인해 보면 되겠죠."

"그래그래. 그렇게 패기 있게 나와야 재미가 있지. 어디 한 번 확인해 보자고."

팡팡!

루이즈는 그 말과 함께 미트를 주먹으로 강하게 두드리며 민우에게서 시선을 돌렸다.

민우도 더 이상 대답을 하지 않은 채, 할러데이에게 온 정신을 집중하기 시작했다.

'바깥쪽? 안쪽?'

정석대로라면 타자가 약점을 가지고 있는 코스에 꽂을 확률이 높았다.

하지만 민우는 딱히 어느 코스에 약점을 가지고 있다는 모습을 보이지 않고 있었기에 그런 점을 쉬이 예측하기가 힘들었다.

'첫 타석이니만큼 나한테 어느 스타일로 공을 던질지 일단 지켜보자.'

민우는 앞선 타자들에게 할러데이가 던졌던 코스를 떠올리며 배트를 가볍게 다잡았다.

곧, 사인 교환을 마친 할러데이가 천천히 글러브를 들어 올렸다.

글러브를 머리 뒤까지 넘기는 특유의 와인드업 자세를 취한 할러데이는 곧 빠른 키킹과 함께 스트라이드를 내디뎠다.

슈우우욱!

빠르게 쏘아진 공이 민우의 몸 쪽을 향해 날아오다가 살짝 휘어지며 홈 플레이트를 통과했다.

팡!

"스트라이크!"

포수의 미트에 공이 꽂히자, 주심은 한 치의 고민도 없이 스트라이크 콜을 외치며 주먹을 들어 올렸다.

'워우.'

민우는 살짝 놀랐다는 표정으로 한 발을 뒤로 빼며 홈 플레이트와 배터 박스를 번갈아 바라봤다.

민우가 만든 가상의 스트라이크존에서 공 반개 정도가 빠지는 코스였음에도 주심이 스트라이크를 불렀다.

'진짜 매덕스같네.'

주심의 눈을 현혹시켜 스트라이크존을 넓게 이용했던 매덕스처럼 오늘의 할러데이도 칼 같은 제구력으로 자신만의 존을 설정하고 있는 것 같았다.

그렇게 잠시 숨을 고르며 스트라이크존에 수정을 가한 민우가 다시금 배터 박스로 들어섰다.

할러데이의 투구는 거침이 없었다.

스트라이크존의 경계를 넘나드는 투구는 너무나도 절묘했고, 민우의 가슴을 덜컥거리게 하는 공도 있었다.

2볼 2스트라이크 상황.

할러데이가 다시 한 번 와인드업과 함께 빠르게 공을 뿌렸다.

슈우욱!

할러데이의 손에서 공이 뿌려졌고, 민우의 두 눈이 부릅떠졌다.

'투심!'

구종을 파악함과 동시에 그 배트가 매섭게 돌아 나왔다.

따악!

거친 타격음과 함께 좌측으로 크게 떠오른 타구는 이내 파울 라인을 벗어나 관중석으로 날아가 모습을 감췄다.

'큭.'

민우는 손바닥이 짜릿하게 울리는 느낌에 미간을 가볍게 찌푸렸다.

분명 궤적을 읽었다고 생각했는데, 그 변화폭이 직전보다 미묘하게 커져 있었다.

'퍼펙트게임과 노히트노런이 허투루 된 게 아니라 이거겠지.'

린스컴도 대단하고, 히메네즈도 위력적인 공을 뿌리는 투수였다.

할러데이는 그들만큼 강력한 구속의 공을 뿌리지는 못했지만, 구속을 대체하는 정교한 컨트롤로 민우를 괴롭히고 있었다.

특히나 오늘은 제대로 긁힌다는 듯, 정확히 경계를 넘나드는 투구로 그 위력을 더욱 배가시키고 있었다.

그 정교함에 기가 밀릴 법도 했지만, 민우는 아직도 잔통이 남아 있는 손으로 배트를 다잡으며 눈을 빛냈다.

'어차피 첫 타석이다. 큰 것도 좋지만 출루만 해도 족해. '존재감' 특성의 효과가 있으니까 최대한 공을 많이 보고, 투구 수를 늘려서 할러데이를 괴롭히자고.'

정타를 때리기엔 까다로운 공이었지만, 구속이 느린 만큼 그 궤적을 읽는다면 커트를 해내는 것만큼은 다른 투수들보다 수월한 편이라고 할 수 있었다.

따악!

"파울!"

따악!

"파울!"

따악!

"파울!"

순식간에 3개의 파울이 더해지며 할러데이는 민우를 상대로만 벌써 8개의 공을 뿌린 상황이었다.

투수의 입장에서 투구수와 함께 타자가 그 공에 눈이 익는 것이 신경이 쓰일 만한 개수였다.

하지만 할러데이의 표정에선 미묘한 변화조차 감지되지 않고 있었다.

'하나만 안쪽으로 뿌려라.'

민우가 그런 바람을 담은 채, 다시금 타격 자세를 취했다.

곧, 할러데이가 와인드업 자세를 취한 뒤, 다시금 빠르게 공을 뿌렸다.

슈우욱!

할러데이의 손을 떠난 공이 스트라이크존의 한 가운데로 날아오는 듯 보이자, 민우의 배트도 빠르게 스타트를 끊었다.

그런데 순간, 눈앞에 보이던 공이 누군가 잡아당긴 것처럼 아래쪽으로 급격히 꺼져 버렸다.

그 모습에 민우가 이를 악문 채, 배트를 멈추기 위해 온 근육을 팽팽히 조였다.

팡!

루이즈는 미트에 공이 꽂히자마자 곧장 3루심을 가리켰다.

주심 역시 3루심을 바라보며 판정을 요구했다.

3루심은 천천히 팔을 양옆으로 벌리며 배트가 돌지 않았음을 알려주었다.

그러자 필리스의 일부 팬들이 3루심을 향해 야유를 하며 가볍게 비난의 말을 내뱉었다.

"우우!!"

"돌아갔잖아!!"

"똑바로 보란 말이야!"

그런 팬들의 야유에도 3루심은 눈 하나 깜빡하지 않은 채,

굳은 표정으로 자신의 판정을 굳건히 지켰다.

"후우."

간신히 배트를 멈춘 민우가 가볍게 숨을 돌리며 발을 풀었다.

'위험했다. 포심 패스트볼과 궤적 차이가 거의 없었어.'

아무리 완벽한 투수라도 구종마다 아주 미묘한 차이를 보이게 마련이었다.

그리고 그걸 찾아내 공략하는 것이 타자에게 필요한 능력이었다.

민우 스스로 그 능력이 일취월장했다고 자부심을 가지고 있었지만, 방금 전의 공에는 완벽히 낚일 뻔한 것이었다.

그리고 이런 모습은 상대 배터리도 감지했을 확률이 높았다.

'역이용할 수 있다면 좋겠지만… 아직은 힘들겠지.'

민우에겐 처음으로 구사한 체인지업이었고, 확실히 눈에 익으려면 한 타석 정도는 더 상대해 봐야 할 것 같았다.

빠르게 머리를 굴린 민우가 다시금 타석에 들어섰다.

할러데이는 틈을 주지 않겠다는 듯, 빠른 와인드업과 함께 다시금 공을 뿌렸다.

슈우우욱!

'안쪽!'

초구 스트라이크를 잡으며 민우를 놀라게 했던 바로 그 코스로 날아오는 공이었다.

판단과 함께 강하게 스트라이드를 내디디며 민우의 배트가 빠르게 돌아 나왔다.

따악!

하지만 이번에도 무언가 먹힌 듯한 타격음과 함께, 타구가 홈 플레이트 바로 앞에서 크게 바운드가 됐다.

손을 타고 짜릿한 진동에 미간을 찌푸리던 것도 잠시, 민우는 타구의 위치를 확인하더니 두 눈을 크게 뜨며 곧장 1루를 향해 전력으로 내달리기 시작했다.

타다다닷!

─꽤나 길게 이어지는 승부인데요! 쳤습니다! 홈 플레이트 앞에서 높이 튀어 오른 땅볼(High Chopper)! 아직도 떠 있습니다!

마치 내야 플라이를 때린 것처럼 높이 바운드 된 타구는 민우가 1루를 두어 걸음 남겨뒀을 즈음에야 폴짝 뛰어오른 2루수, 어틀리의 손에 잡혔다.

어틀리는 메이저리그 최고의 2루수라는 것을 증명하듯, 맨손으로 잡은 공을 지체 없이 1루를 향해 뿌렸다.

하지만 민우 역시 리그 최고에 꼽힐 정도로 빠른 발을 자랑하는 선수였고, 공이 1루에 채 도달하기 전에 1루 베이스를 밟고 지나갔다.

1루심은 빠르게 양팔을 벌리며 세이프를 선언했다.

—어틀리! 맨손으로 잡아서 1루로! 하지만 반 박자가 늦었
습니다! 세이프! 세이프입니다!

—와~ 이렇게 안타가 나오는군요. 강민우 선수가 의도한
것은 아닌 것 같지만, 마치 도끼로 내려찍은 듯한 모습으로 타
구가 직각으로 꺾였고요. 플라이 볼과 비견될 정도로 한참을
떠올랐다가 내려오는 타구였습니다. 정말 재미있는 장면을 보
여주는군요.

—또 한 번의 노히터 경기를 노렸던 할러데이의 꿈은 1이닝
만에 무너지고 말았습니다.

전력으로 달린 탓에 거의 외야까지 달려갔던 민우가 천천
히 1루로 되돌아오며 가볍게 미소를 지어 보였다.

'운이 좋았어.'

조금만 낮게 바운드가 되었다면 땅볼로 아웃이 될 만한 타
구였다.

할러데이의 공은 홈 플레이트 근처에서 미묘하게 꺾이는 커
터였고, 민우의 배트 궤적과 커터의 꺾이는 각이 절묘하게 맞
아떨어지며 이런 높이 튀어오르는 땅볼이 만들어진 것이었다.

띠링!

[출루에 성공하여 '존재감' 특성의 효과가 발동됩니다.]

[상대 투수의 모든 능력치가 일시적으로 3% 하락합니다.]

그리고 드디어 기다렸던 그 메시지를 볼 수 있었다.

모든 능력치가 3% 하락하는 것의 효과를 이제 볼 수 있었다.

'큰 변화까지는 바라지 않는다. 컨트롤의 귀재인 만큼, 미묘한 흔들림, 그것만으로도 필리스 배터리를 흔들기엔 충분하다.'

타석에는 6번 타자인 켐프가 들어서고 있었다.

민우는 켐프가 제 컨디션을 보여준다면, 그리고 할러데이의 공이 존 안쪽으로 쏠려준다면 이 기회를 살릴 수 있으리라 생각했다.

'그전에 나도 뛰고 말이지.'

득점 확률은 높을수록 좋았다.

1루보단 2루로, 2루보다는 3루로 들어간다면 안타 하나로도 충분히 선취득점을 올릴 수 있었다.

'기회는 지금이 제일 적당하겠지.'

지금까지 겪었던 경험상, 첫 번째 공을 뿌릴 때 투수들은 틀어진 밸런스에 공을 제대로 꽂아 넣지 못했었다.

민우는 그 점을 떠올리고는 리드 폭을 서서히 벌려갔다.

'루이즈의 도루 저지 능력은 그리 좋지 않은 편이지.'

필리스의 주전 포수, 루이즈의 통산 도루 저지율은 2할 7푼에 머무르고 있었다.

올 시즌 타격과 블로킹 등 모든 지표에서 좋은 모습을 보인데 반해 도루 저지율만큼은 제자리걸음을 하고 있는 루이즈였다.

그런 점들을 떠올린 민우는 몸의 중심을 좌우로 조절하며 견제에 대비함과 동시에 언제든지 2루를 훔칠 준비를 마쳤다.

곧, 할러데이가 사인 교환을 마치고는 어깨 너머로 1루를 바라봤다.

그렇게 잠시 정적이 흐른 뒤, 할러데이가 세트 포지션에서 빠르게 공을 뿌렸다.

그와 동시에 민우도 잽싸게 그라운드를 박차며 스퍼트를 끊었다.

타다다닷!

할러데이가 뿌린 공은 포수가 미트를 내밀고 있던 위치에서 공 한 개 정도가 더 낮게 날아가 꽂혔다.

팡!

"볼!"

동시에 바운드에 대비해 몸을 크게 낮춘 루이즈가 미트에서 빠르게 공을 뽑아 들고는 2루를 향해 송구를 뿌렸다.

슈우욱!

―주자 스타트! 낮은 공! 2루에 쏩니다!

째에에엑!

귓가를 가르는 바람 소리와 함께 빠르게 흔들리던 민우의 시야로 순식간에 2루 베이스가 다가왔다.

그리고 베이스를 서너 걸음을 남겨둔 순간, 민우가 몸을 앞으로 날리며 헤드 퍼스트 슬라이딩을 시도했다.

좌아아악!

탁!

흙바닥을 가르며 베이스를 부여잡은 민우가 무릎을 꿇으며 중심을 잡았다.

하지만 민우에게 태그를 해야 할 유격수, 롤린스는 크게 휘청거리며 뒤로 빠지려던 공을 겨우 붙잡고 멈춰 선 상태였다.

그 모습에 민우가 양팔을 들어 타임을 요청하고는 유니폼에 묻은 흙을 가볍게 털며 미소를 지었다.

―2루에서! 송구가 크게 빗나갑니다! 강민우 선수가 발로 한 베이스를 더 얻어냅니다! 2회부터 공격적인 주루 플레이를 선보이며 승리에 대한 의지를 불태우는 듯한 모습이네요.

―정말 빠릅니다. 강민우 선수! 행운의 안타에 이어 도루까지 기록하며 순식간에 두 베이스를 가져갑니다. 이제 단타 하

나면 선취득점까지도 노려볼 만한 상황이 만들어졌습니다.

　잠시 그 모습에 마스크를 벗으며 아쉬운 표정을 짓던 루이즈는 곧 할러데이에게 공을 가져다주며 무어라 말을 걸고 있었다.

　그리고 할러데이는 자신의 손을 바라보며 가볍게 고개를 저어 보였다.

　2루 베이스에 선 채, 그 모습을 바라보던 민우는 그들의 대화가 유추가 된다는 듯, 입가에 가볍게 미소를 짓고 있었다.

　'이거 생각보다 꽤 괜찮은데? 틀어진 밸런스를 다시 잡았을 때, 내가 홈을 밟거나 다음 이닝으로 넘어가면 또 한 번 흔들릴 수도 있을 거고.'

　생각대로만 된다면 할러데이는 오늘 꽤나 고생을 할 것이 분명했다.

　민우가 그렇게 생각에 잠겨 있던 사이, 주심이 마운드로 발걸음을 옮기려는 모습을 보였다.

　그러자 루이즈가 잽싸게 마운드에서 내려왔고, 주심과 가볍게 대화를 나누고는 자신의 자리를 잡았다.

　'켐프. 이런 기회는 흔치 않다고. 그러니까 가볍게 한 방 날려 버려.'

　민우는 그런 의미를 담은 강렬한 눈빛을 켐프를 향해 쏘아 보냈다.

그리고 켐프는 민우의 강렬한 의지가 담긴 눈빛에 그 스스로의 의지를 불태웠다.

'정규 시즌의 굴욕을 여기서 만회한다.'

철옹성 같던 할러데이가 흔들렸다.

만약 아무렇지 않게 넘어갔다면 눈치채지 못했겠지만, 순간적으로 스쳐 지나간 할러데이의 당혹스러운 얼굴과 루이즈의 반응으로 그것이 실수였음을 알 수 있었다.

만약 한 번이 아니라 두 번 흔들린다면 절대로 놓쳐선 안 되는 기회였다.

할러데이가 사인 교환을 마치는 모습에 켐프도 가볍게 자세를 낮추며 눈을 빛냈다.

곧, 할러데이가 세트 포지션에서 빠르게 공을 뿌렸다.

슈우욱!

스트라이크존의 바깥쪽 낮은 코스, 그 경계선을 살짝 넘어 들어오는 공에 켐프의 몸이 매섭게 반응했다.

따아아악!

맹렬한 기세로 돌아 나온 배트와 공이 홈 플레이트 위에서 마주치며 큼지막한 타격음을 내뱉었다.

그리고 그 타격음에 걸맞은 타구가 높이 떠올라 우측 외야를 넘어 날아가고 있었다.

켐프는 배트를 어깨 너머까지 돌린 채, 당당한 표정으로 타구를 바라보고 있었다.

'내가 바로 켐프다.'

마치 그런 말을 몸으로 대신하는 듯한 느낌에 홈을 향해 천천히 달려가던 민우가 가볍게 웃어 보였다.

'훗. 오늘은 좀 덜 밉네.'

곧, 끝을 모르고 뻗어나가던 켐프의 타구는 우측 펜스를 훌쩍 넘어 관중석을 파고들어 갔다.

―외야 쪽으로 뻗어갑니다! 큽니다! 우측! 계속 뻗어가는 타구! 우익수! 펜스를 타고 올라가 봅니다만! 그대로! 넘어 갑니다! 켐프! 큼지막한 투런 홈런을 쏘아 올리며 스코어를 0 대 2로 벌려놓습니다!

―아～ 할러데이 선수가 2루 주자인 강민우 선수에게 신경을 너무 쓴 걸까요? 지금껏 보여줬던 모습과는 전혀 동떨어진, 존 안쪽으로 쏠리는 공을 던지고 말았고요. 최근 타격감이 살아나고 있는 켐프 선수가 이 공을 놓치지 않고 그대로 넘겨 버리며 결정적인 한 방을 먹이는 모습입니다.

―다저스가 초반부터 강렬한 모습을 보이며 리드를 잡습니다!

홈 플레이트 옆에 서있던 민우는 다이아몬드를 돌아 홈 플레이트를 밟는 켐프를 향해 손을 내밀었다.

"내가 지금껏 본 홈런 중 최고였다."

민우의 말에 켐프의 두 눈이 살짝 떠지더니 곧 무뚝뚝한 표정을 지으며 고개를 돌렸다.

하지만 그 손은 민우가 내민 손을 가볍게 마주쳤다.

민우는 스쳐 지나가는 켐프의 입 꼬리가 말려 올라간 것을 눈치 채고는 피식 웃으며 천천히 그 뒤를 따라갔다.

이후, 타석에는 7번 바라하스가 들어섰다.

슈우웅!

따아악!

바라하스는 무슨 이야기를 들은 것인지, 초구부터 거침없이 배트를 내돌렸고, 그 작전은 제대로 먹혀 들어갔다.

―바라하스의 타구는 우중간을! 완전히 갈랐습니다! 중견수와 우익수가 공을 쫓는 사이 바라하스는 1루를 돌아 2루에 여유 있게 안착합니다. 세 타자 연속 안타를 기록하는 다저스입니다.

―아~ 할러데이에게 무슨 일이 일어난 걸까요? 이번 공도 살짝 몰린 공이었거든요. 할러데이도 고개를 갸웃거리는 모습인데요.

1아웃을 잡았을 때만 하더라도 쉽게 끝이 날 것만 같았던 이닝이 길어지고 있었다.

그리고 흔들리는 할러데이의 모습은 필리스의 팬들을 몹시 불안하게 만들고 있었다.

그리고 그 이유를 아는 것은 단 한 명, 민우뿐이었다.

'확실해. 이건 효과가 확실히 있다. 강속구 투수가 아니라 정교한 컨트롤로 승부하는 투수라 그런지 그 효과가 더 큰 거야. 이거 출루할 때마다 꽤나 짭짤하겠는데.'

하지만 그런 민우의 기대는 잠시 뒤, 가볍게 무너지고 말았다.

민우가 홈을 밟으며 능력치가 원래대로 돌아온 할러데이는 바라하스에게 2루타를 허용하고는 다시금 제 모습을 되찾은 듯 보였다.

슈우욱!

팡!

"스트라이크 아웃!"

"스트라이크 아웃!"

8번 타자인 테리엇에 이어 9번 커쇼까지. 단 7개의 공으로 삼진 2개를 뽑아내며 이닝을 마무리 짓는 모습에 필리스의 팬들이 다시금 가볍게 환호성을 지르고 있었다.

민우는 자신의 글러브를 챙기면서도 그 눈은 할러데이를 향해 있었다.

'확실히 컨트롤의 귀재라는 이름이 걸맞네. 흔들릴 법도 한데 바로 영점을 잡아버릴 줄이야. 아무래도 '존재감' 특성의 효과를 보는 건 많아야 두 타자가 한계겠어.'

능력치가 내려갔다 올라가며 주는 영향에 순식간에 적응해 버리는 의외의 모습을 보이는 할러데이였다.

처음 겪는 일임에도 저런 빠른 적응이라면 다음, 그리고 그 다음 타석에서는 한 타자에게나 겨우 영향을 줄 수 있을지도 몰랐다.

'뭐 그건 그때 가보면 알겠지. 지금은 수비에 집중하자.'

2회 말, 필리스의 공격은 타선의 핵인 4번 하워드부터 시작 이었다.

비록 장타율이 전년 대비 1할 가까이 떨어지며 하락세를 보 이기는 했지만 그렇다고 해도 필리스의 타선에서 가장 압도적 인 모습을 보이는 타자는 여전히 하워드였다.

민우는 그런 생각과 함께 빠르게 자신의 수비 위치인 센터 필드로 달려 나갔다.

2회 말, 커쇼는 할러데이의 모습과는 대조적인 모습으로 필 리스 타선을 압도했다.

커쇼가 특유의 역동적인 와인드업과 함께 강하게 공을 뿌 렸다.

슈우욱!

하워드의 몸을 스칠 듯 날아가던 공은 곧 급격히 아래쪽으 로 떨어져 내리며 스트라이크존의 경계를 정확히 가르고 들어 갔다.

팡!

"스트라이크 아웃!"

주심은 주먹을 앞에서 뒤로 잡아당기며 삼진을 선언했고, 하워드는 배트를 그대로 멸군 채, 황당하다는 듯한 표정으로 주심을 바라보고 있었다.

그리고 그런 하워드의 기분을 대변하듯 관중들이 한 마음으로 야유를 보냈다.

"우-우-우-우!!!"

"이건 볼이었잖아!!"

"경기를 말아먹을 셈이냐!!"

주심은 자신을 바라보는 하워드에게 가볍게 고개를 저어 보였고, 하워드는 결국 무언가를 중얼거리며 더그아웃 방향으로 몸을 돌렸다.

하워드가 삼진을 당하며 잠시 허리를 편 민우는 가볍게 휘파람을 불며 커쇼를 바라봤다.

'휘유. 공 죽이네.'

조금 전, 하워드를 꼼짝도 못하게 만든 공은 민우가 타석에 들어섰더라도 쉬이 노려봄직한 공이 아니었다.

'같은 팀인 게 천만다행이라고 해야 하나.'

잠시 그런 생각을 하는 사이, 필리스의 5번 타자, 워스가 타석에 들어서고 있었다.

워스는 올 시즌, 홈런과 타점 지표를 제외하고는 모든 지표에서 하워드를 앞서는 다재다능한 타자였다.

민우는 오늘 경기에서 커쇼가 조심해야 할 타자는 하워드가 아니라 바로 워스라고 생각하고 있었다.

'워스가 뒤에서 제대로 받쳐줬기 때문에 하워드가 이 정도 성적을 낸 걸 거야.'

후속 타자가 위력적일수록 배터리는 앞선 타자와의 승부를 통해 위기를 벗어나려는 경향이 강했다.

민우는 워스가 하워드의 뒤를 받쳐주지 않았다면, 하워드의 올 시즌 타율이 최소 2푼 정도는 떨어졌으리라고 생각하고 있었다.

그리고 민우의 생각대로 워스는 커쇼의 공에 쉬이 배트를 내밀지 않고 있었다.

워스는 올 시즌, 0.296의 타율을 기록하며 출루율은 0.388을 기록한 타자였다.

4할에 가까운 출루율이 말해주듯, 워스는 선구안 또한 뛰어난 타자였다.

'당겨 치는 경향이 강한 타자였지.'

민우는 시프트가 없더라도 타자에 따라 유동적으로 수비 위치를 이동하며 경기에 임하고 있었고, 워스의 타석이 되자 곧장 한 걸음 정도 좌측으로 이동하며 혹시 모를 타구에 한 발이라도 빠르게 대응할 수 있도록 만반의 준비를 마쳤다.

슈우욱!

커쇼의 손을 떠난 공이 곧은 직선을 그리며 스트라이크존의 바깥쪽의 낮은 코스의 경계를 스치듯 지나갔다.

타자라면 충분히 유혹적인 공이었지만, 워스는 가볍게 배트를 뒤로 당길 뿐, 앞으로 휘두르지 않았다.

팡!

"볼!"

─5구는 볼! 볼이네요. 이걸 잡아주지 않는군요.

─스트라이크존에 아슬아슬하게 걸치는 듯한 공이었는데, 주심의 판정은 볼이었습니다. 결국 3볼 2스트라이크. 풀 카운트가 만들어집니다.

마운드 위에 올라간 커쇼는 언제나 다른 사람처럼 변해 있었다.

그리고 지금도 무시무시한 표정을 지은 채, 포수 미트에 구멍을 내버리지는 않을까 싶을 정도로 눈을 빛내고 있었다.

곧, 천천히 시선을 1루 방향으로 돌린 커쇼가 힘찬 와인드업과 함께 빠르게 공을 뿌렸다.

슈우우욱!

커쇼의 손을 떠난 공은 순식간에 홈을 향해 파고들어 갔다.

순간, 워스의 두 눈이 매섭게 빛났고, 그 배트가 쏜살같이 돌아 나왔다.

"흡!"

따아악!

깔끔한 타격음과 함께 크게 떠오른 타구가 하늘을 가르며 좌중간 방면으로 날아가기 시작했다.

—제6구! 가볍게 잡아당깁니다! 총알 같은 라인드라이브성 타구는 그대로 좌중간 방면을 향해! 중견수! 좌익수!

그와 동시에 민우도 낙구 지점을 향해 빠르게 스타트를 끊었다.

타다닷!

미리 수비 위치를 변경하며 워스의 타구에 대비한 민우였지만 타구의 궤적이 워낙에 낮고 매서웠다.

'이건… 한 번에 잡기는 힘들다.'

민우는 판단과 동시에 노바운드로 타구를 잡는 것을 포기했다.

대신 2루를 허용하지 않겠다는 것으로 목표를 변경했다.

그러자 펜스에 걸쳐있던 회색 빛 라인이 튕겨 나올 궤적을 알려주듯 그라운드로 이어졌고, 그 위치에 낙구 지점을 알려주는 반구가 생겨났다.

'저기면 가능해!'

낙구 지점을 확인한 민우는 곧장 방향을 틀어 더 왼쪽으로 달려가기 시작했다.

동시에 민우는 백업을 위해 달려오는 켐프에게 자신이 잡겠다는 것을 알렸다.

"마이볼!"

그러자 켐프가 민우와 동선이 겹치지 않도록 곧장 궤적을 틀었다.

그리고 잠시 뒤.

텅!

타구가 펜스에 부딪히며 투박한 소리를 내뱉으며 민우가 달려가는 방향으로 튕겨 나왔다.

팍!

민우는 속도를 줄임과 동시에 그라운드에 부딪혀 튕겨 오르는 타구를 곧장 맨손으로 잡아챘다.

그러고는 곧장 내야 방향으로 한 걸음의 스텝만을 밟은 뒤, 강하게 팔을 휘둘렀다.

쑤아아악!

―1루를 돈 워스 선수가 곧장 2루로 향합니다! 동시에 강민우 선수가 바운드 된 공을 맨손 캐치! 그대로 내야를 향해 뿌립니다!

타다다닷!

1루 베이스를 돌아 지체 없이 2루를 향해 방향을 튼 워스는 민우가 내야를 향해 공을 뿌리는 모습에 일순 당황을 금치 못했다.

'바로 잡았어?'

하지만 순식간에 코앞으로 다가오는 2루 베이스를 보며 살 수 있다는 생각에 곧장 몸을 날려 슬라이딩을 시도했다.

촤아아악!

그렇게 그 다리가 2루 베이스에 닿으려는 순간.

팍!

워스의 귓가에 가죽이 울리는 둔탁한 소리가 들려왔고, 곧 베이스 앞으로 유격수, 캐롤의 글러브가 나타나 그 경로를 가로막았다.

어리둥절한 표정을 지은 워스의 시선은 곧 2루심에게로 돌아갔다.

그 시선에 2루심은 워스를 향해 두툼한 주먹을 앞으로 휘둘러 보였다.

"아웃!"

판정과 동시에 시티즌스 뱅크 파크에 진한 탄식이 쏟아져 나왔다.

"왓 더 헬!"

"이건 말도 안 돼……."

"어떻게 저걸 바로 잡아서 던져?"

"워스가 아웃을 당하다니……."

필리스의 팬들은 현실을 받아들일 수 없다는 듯, 망연자실한 표정을 한 채 머리를 감싸 쥐고 있었다.

―와우! 아웃입니다! 워스 선수가 2루에서 아웃을 당하고 말았습니다!

―와~ 정말 대단합니다. 맨손 캐치와 동시에 뿌려진 레이저 같은 송구가 신속하고 정확하게 2루로 향했고, 워스 선수를 간발의 차이로 잡아냅니다! 허허. 이거, 두 눈으로 보고도 믿기지가 않네요.

더그아웃에서 그 모습을 바라보던 필리스의 선수들 역시 마치 시티즌스 뱅크 파크가 제 집인 것처럼 낙구 지점을 완벽하게 예측해 반응하는 민우의 움직임에 소름이 돋고 있었다.

"다저스는 어디서 저런 괴물 같은 놈을 데려온 거야?"

"어떻게 저걸 예측해서 잡아낸 거지?"

살짝 표정이 굳은 하워드가 바로 옆에 있던 빅토리노에게 물음을 건넸다.

"빅토리노. 너라면 저거 저렇게 처리할 수 있었겠냐?"

"음… 아마도?"

필리스의 주전 중견수를 맡고 있는 빅토리노였기에 가볍게 긍정을 표한 것이었지만 그 목소리에는 100%의 확신이 들어 있지 않았다.

그 정도로 민우의 플레이는 타의 추종을 불허하는 움직임을 보인 것이었다.

민우의 호수비로 인해 안타 하나를 지워 버린 커쇼는 민우를 향해 환한 미소를 지어 보이고 있었다.

그 순수한 미소에 민우 역시 씨익 웃으며 검지와 소지를 펴 높이 들어 보였다.

그 여유 있는 모습 하나하나는 필리스 팬들의 기를 더욱 죽이고 있었다.

다시금 홈을 향해 돌아선 커쇼의 얼굴엔 언제 그랬냐는 듯 다시금 무서운 표정이 들어차 있었다.

그리고 타석에는 그 다음 희생양으로 롤린스가 들어서 있었다.

슈우우욱!

팡!

"스트라이크 아웃!"

롤린스는 단 3개의 공에 배트를 한 번도 휘둘러 보지 못하고 아웃을 당하고 말았다.

'크으! 멋있네!'

민우는 그런 커쇼의 압도적인 투구에 감격한 표정을 지으며 빠르게 더그아웃을 향해 달려가기 시작했다.

―삼구삼진! 와~ 커쇼 선수가 강민우 선수의 호수비에 힘을 얻었나요? 단 3개의 공으로 베테랑 롤린스의 배트를 잠재웁니다! 3아웃! 다저스의 3회 초 공격으로 이어집니다!

2회부터 급격히 흔들리던 할러데이는 3회에 들어서자 언제 그랬냐는 듯이 완벽히 안정을 찾은 모습이었다.

다시금 에이스의 모습을 되찾은 할러데이는 3회를 삼자범퇴로 깔끔하게 돌려세우더니 7회 초, 2아웃 상황에서 켐프에게 볼넷을 하나 내어 주기 전까지 단 한 타자도 출루시키지 않는 엄청난 모습을 보여주며 자신의 가치를 증명해 냈다.

할러데이의 삼진 개수가 하나하나 늘어갈 때마다 시티즌스 뱅크 파크의 분위기는 조금씩 살아나고 있었다.

7회 초 2아웃. 주자 1루.

타석에 들어선 7번 타자 바라하스의 배트가 매섭게 돌아갔다.

따아악!

경쾌한 타격음에 다저스의 선수들이 일제히 하늘로 고개를 들어 올렸다.

하지만 공을 뿌린 할러데이는 이미 그 결과를 알고 있다는 듯, 가볍게 마운드를 내려가며 외야를 바라봤다.

센터 필드로 빠르게 날아가던 타구는 워닝 트랙에 이르자 힘을 잃고 말았고, 이내 중견수 빅토리노의 글러브에 빨려 들어가며 체공을 끝냈다.

그 모습에 필리스의 팬들이 가볍게 박수를 치며 호투를 보이는 할러데이를 향한 응원의 목소리를 냈다.

"잘 맞은 것 같았는데, 워닝 트랙 앞에서 잡혀 버리네."

기븐스가 고개를 갸웃거리며 하는 말에 바로 옆에서 주섬주섬 글러브를 챙기던 민우도 고개를 끄덕거렸다.

"그만큼 아직까지 구위가 살아 있다는 거죠. 2회에 점수를 냈다는 게 용할 정도니까요."

민우는 첫 타석에서 행운의 안타를 때린 이후, 두 타석에서 워닝 트랙 앞에서 잡히는 중견수 플라이 유격수의 정면으로 향하는 직선타로 아웃을 당하고 말았다.

현재까지 3타수 1안타 1득점 1도루.

평소의 민우의 모습에 비하면 썩 만족스럽지 못한 모습이었다.

'이거 이래버리면 어머니 뵐 면목이 없는데.'

하필이면 어머니께서 미국에 오신 뒤, 첫 경기에서 이렇게 평범한 활약을 하는 것에 민우는 조금 불만이 있었다.

'이거 뭐, 출루하기 전엔 특성의 효과가 발동되는 것도 아니라 애매하네.'

출루를 하지 못하는 이상 '존재감' 특성은 없는 것이나 마찬가지였고, 두 타석에서 출루에 실패하며 무용지물이 되고 있었다.

스코어는 여전히 0 대 2였다.

일찌감치 이기고 있는 경기였다.

다저스의 선발투수인 커쇼는 6회 말까지 수많은 삼진을 뽑아내며 단 하나의 실점도 허용하지 않으며 완봉승을 향해 달려가고 있었다.

7회에 접어들자 몇몇 다저스의 팬들은 조심스레 커쇼의 포스트 시즌 완봉 기록을 점치기 시작했다.

하지만 이렇게 호투를 이어가고 있을 때가 가장 위험할 때였다.

기록을 의식하기 시작하면 야수들도 과도하게 긴장하기 마련이었고, 그런 긴장은 곧 실책으로 이어지기 쉬웠다.

더군다나 2점 차는 안정적인 리드라고 할 수 없었다.

2점은 까딱 실수하면 순식간에 뒤집어질 수 있는 점수 차에 불과했다.

'최소 두 점은 더 뽑아야 해. 필리스의 타선은 언제 폭발할지 모르니까.'

신시네티가 핵타선을 보유하고 있긴 했지만, 필리스도 크게 밀리는 타선이 아니었다.

지금껏 침묵했다 하더라도 언제 터지더라도 이상할 것이 없었다.

오히려 이제껏 침묵했던 것이 폭풍전야의 모습일지도 모를 일이었다.

그렇게 마운드에 커쇼가 다시금 올라서며 7회 말이 시작되고 있었다.

타순이 다시금 한 바퀴를 돌았고, 타석에는 선두 타자로 1번 타자인 빅토리노가 들어서 있었다.

직전 타석에서 커쇼의 타구를 제대로 받아쳤던 빅토리노였다.

다행히 3루수의 정면으로 향하며 외야로 빠져나가지 못했던 타구였지만, 스위트스폿에 제대로 맞추며 위협적인 모습을 보였었다.

한 번 그 손맛을 보았으니 공 하나하나에 더욱 만전을 기해야 했다.

투수의 사인을 받은 커쇼가 몸을 돌려세운 뒤, 곧 홈 플레이트를 바라보며 강하게 공을 뿌렸다.

슈우욱!

따아악!

깔끔한 타격음과 함께 홈을 향해 파고들던 공이 순식간에 방향을 돌려 커쇼에게로 돌아왔다.

커쇼는 반사적으로 주저앉으며 머리 위로 글러브를 쥔 손을 들어 올렸지만 야속한 타구는 글러브를 멀찍이 빗겨 지나며 외야로 굴러가 버렸다.

—어우! 정말 위험했네요! 아슬아슬하게 투수를 스치며 안
타가 만들어집니다! 빅토리노는 여유 있게 1루에 들어갑니다!
—이 안타로 커쇼의 완봉을 향한 질주는 여기서 종료되고
마는군요. 정말 아쉽겠습니다.

커쇼는 상당히 허탈한 표정으로 외야를 향해 굴러가는 타
구를 바라보고 있었다.
그 역시 무의식적으로 기록을 의식하고 있었고, 기록이 깨
진 것에 대한 충격이 전해진 것이었다.
가볍게 굴러온 타구를 들어 내야로 던져 보낸 민우는 마운
드에서 일어나 엉덩이를 툭툭 터는 커쇼를 바라봤다.
그리고 그 표정에서 느껴지는 진한 아쉬움에 민우 역시 아
쉬움을 금치 못하고 있었다.
'아쉽겠지. 하지만 기록이 깨진 지금이 흔들리기 가장 쉬울
때니까. 기록에 연연하지 말고 지금처럼 잘해주길 바라야겠
지.'
커쇼가 다저스의 에이스 역할을 톡톡히 하는 투수였지만
그 역시 자신만큼이나 어린 선수였다.
나이가 어리고 경험이 부족하다는 것은 결국 이런 기록에
흔들릴 가능성이 더 높다는 것이기도 했다.

하지만 그런 민우의 우려와 달리 커쇼는 꿋꿋이 호투를 이어갔다.

2번 타자인 폴랑코를 삼진으로 돌려세우며 첫 번째 아웃 카운트를 잡았다.

슈우욱!

따아악!

3번 타자인 어틀리의 배트가 빠르게 돌아갔고, 큼지막한 타격음과 함께 타구가 센터 필드의 하늘로 떠올랐다.

민우는 그 궤적을 확인하고는 천천히 뒤로 물러서기 시작했다.

곧 워닝 트랙을 몇 걸음 뒤에 둔 위치에서 타구가 힘을 잃고 떨어져 내렸고, 민우의 글러브에 안착했다.

어틀리를 중견수 플라이로 돌려세우며 아웃 카운트는 1에서 2로 늘어났다.

'역시 커쇼는 커쇼인가.'

내야를 향해 공을 뿌린 민우는 자신이 괜한 우려를 가졌던 것인가 하는 생각과 함께 타석을 향해 걸어가는 하워드를 바라봤다.

하워드는 오늘 2번의 타석에서 2번 모두 삼진으로 물러나며 무기력한 모습을 보였었다.

'잡아먹을 듯한 표정이네.'

하워드는 커쇼에게 이를 갈고 있었다는 듯, 굳은 표정과 매서운 눈빛을 한 채, 천천히 타석으로 들어서고 있었다.

하지만 직전 타석에서도 같은 모습을 보인 뒤, 깔끔하게 삼진으로 돌아선 하워드였다.

커쇼의 구위는 여전히 위력적이었고, 외야로 넘어오는 타구도 정타가 아니었기에 이번에도 하워드를 돌려세우리라 생각했다.

하지만 민우의 그런 예상은 곧 가볍게 깨지고 말았다.

따아아악!

오늘 경기에서 들었던 것 중 가장 크고 우렁찬 타격음이 민우의 귀를 파고들었고, 자연스레 민우의 고개가 하늘을 향했다.

하워드의 타구는 하늘을 찌를 듯 높이 솟아오른 채로 우측 외야를 가르며 날아가고 있었다.

그리고 그 뒤로 펼쳐진 관중석에는 붉은 물결이 거대한 파도를 일으키며 춤을 추고 있었다.

"우와아아아아!!"

"동점이다!!"

"하워드!!!"

우익수인 이디어가 펜스에서 몇 걸음 떨어진 위치에서 타구가 튕겨 나오길 기다렸지만, 타구는 아슬아슬한 높이로 펜스를 넘어가고 말았다.

─끌어당긴 타구! 우측 펜스!! 홈런!! 홈런입니다!! 필리스를 나락에서 구해내는 하워드의 투런 홈런!!

─커쇼 선수의 커브가 아주 살짝 높게 형성됐는데요. 그걸 놓치지 않고 그대로 어퍼 스윙으로 날려 버리는 하워드 선수 였습니다. 워낙에 펀치력이 강한 선수여서인지 정말 높게 뜬 타구임에도 힘을 잃지 않고 아슬아슬하게 펜스를 넘어가 버 렸습니다.

잠시 타구가 뻗어가는 모습을 바라보던 커쇼는 결국 펜스 를 넘어 사라지는 타구의 모습에 씁쓸한 표정으로 입맛을 다 셨다.

단 하나의 실투.

그 하나의 실투를 하워드는 놓치지 않았고, 최악의 결과로 이어지고 말았다.

2아웃을 잡아놓은 상태에서 아주 조금의 방심이 일으킨 참 사였다.

'차라리 센터 필드, 아니 우중간으로라도 날아왔으면…….'

너무나도 아쉬웠다.

완봉 기록을 얼마 남겨두지 않고 무산된 것에 이어 곧장 동 점 홈런까지 허용한 것이었기에 그 충격이 상당할 터였다.

다저스의 불펜은 빠르게 가동되고 있었다.

아무래도 커쇼의 역할은 이번 이닝까지가 될 것으로 보였다.

잠시 허리를 펴고 있던 민우는 와인드업 자세를 취하는 커쇼의 모습에 자세를 낮추며 언제든 튀어나갈 준비를 마쳤다.

슈우욱!

커쇼의 손에서 뿌려진 공이 순식간에 스트라이크존의 아래쪽 경계를 찔러 들어갔다.

완벽히 제구가 된 공의 모습에 미트를 내밀고 있던 바라하스가 고개를 끄덕이려는 순간.

따아아악!

벼락같이 돌아간 워스의 배트가 그 공을 잡아당겨 좌측으로 날려 보냈다.

―아! 큰데요! 이번에도 넘어가나요!

낮은 포물선을 그리며 쏘아진 라인 드라이브 타구는 너무나도 빠른 속도로 펜스를 향해 날아가고 있었다.

좌익수인 켐프가 곧장 펜스를 향해 달려가고 있었지만 민우는 몇 걸음을 떼지 못한 채, 허탈한 미소를 짓고 말았다.

민우의 눈에만 보이는 궤적이 짙은 회색빛을 띤 채 관중석까지 이어져 있었다.

'하… 연타석 홈런이냐……'

민우의 발걸음이 완전히 멈춘 순간.

텅!

워스의 타구가 관중석 사이에 꽂히며 둔탁한 소음을 내뱉었다.

"우와아아아아!!!"

"해냈어! 워스가 해냈다고!"

"역전! 역전이다!!"

"우리가 필리스다!!"

하워드의 홈런에 이은 워스의 백투백 홈런은 시티즌스 뱅크 파크를 무너뜨릴 듯한 엄청난 함성을 이끌어냈다.

그리고 그 함성은 다저스 선수들의 사기를 완전히 짓누르고 있었다.

결국 커쇼는 마지막 아웃 카운트를 잡지 못한 채, 쓸쓸히 마운드를 내려가고 말았다.

커쇼의 뒤를 이어 마운드를 이어받은 젠슨이 공 2개 만에 유격수 땅볼로 나머지 아웃 카운트를 채웠지만 아쉬움을 지우기엔 너무나도 부족했다.

공수가 전환되고, 다저스는 빼앗긴 리드를 되찾아오기 위해 고군분투했다.

하지만 리드를 잡으며 힘을 얻은 할러데이는 그리 호락호락하지 않았다.

순식간에 삼진 두 개를 뽑아내며 탈삼진 개수를 13개까지 늘리는 위용을 보인 할러데이는 1번 타자인 캐롤에게 볼넷을 내어 주며 잠시 흔들리는 모습을 보였다.

하지만 2번 타자인 이디어를 공 두 개 만에 유격수 앞 땅볼로 가볍게 돌려세우며 마운드를 내려갔다.

시티즌스 뱅크 파크에는 벌써부터 승리를 직감한 듯한 몇몇 팬들이 휘파람을 불며 기쁨을 표하고 있었다.

8회 말, 젠슨이 필리스의 타선을 삼자범퇴로 돌려세우며 추가 실점을 내어 주지 않은 다저스는 마지막 공격 이닝을 맞이했다.

그리고 필리스는 경기를 지키기 위한 최선의 패를 던졌다.

—9회 초, 다저스가 정규이닝 마지막 공격 기회를 맞이합니다. 그리고 마운드에는 필리스의 수호신, 릿지 선수가 올라와 있습니다.

마운드 위에는 필리스의 마무리 투수를 맡고 있는 릿지가 올라와 몸을 풀고 있었다.

릿지는 다저스와의 마지막 경기였던 9월 1일에도 한 점차의 아슬아슬한 리드를 지키며 세이브를 거두었었다.

—릿지 선수는 9월 15일, 0.1이닝 동안 3개의 볼넷과 안타 하나를 내어 주며 1실점을 기록한 것을 제외하면 9월 이후, 9번의 세이브 기회에서 9번 모두 성공하며 완벽투를 보였었습니다.

─신시네티와의 디비전 시리즈에서는 총 2이닝 1삼진 1볼넷 무실점을 기록하며 필리스의 뒷문을 든든히 지켰습니다. 그리고 지금, 다시 한 번 필리스의 승리를 지키기 위하 마운드에 올라왔습니다.

─다저스의 공격은 3번 로니부터 시작되겠습니다.

타석에는 로니가 들어설 준비를 하고 있었고, 대기 타석에는 4번 타자인 블레이크가 들어서고 있었다.

릿지의 연습 투구를 지켜보며 그 구종과 특징을 떠올리던 민우는 릿지의 모습에서 미묘한 분위기를 감지했다.

'포수 미트가 계속 움직이고 있어?'

민우의 눈길을 끈 것은 릿지의 공이 뿌려질 때마다 루이즈의 미트가 좌우로 요동을 치고 있다는 것이었다.

그 눈에 띄는 움직임은 하나의 힌트를 제시하고 있었다.

'제구가 완벽하지 않다?'

가끔 그런 날이 있다.

불펜에서는 바늘구멍도 통과할 것처럼 칼 같은 제구력을 뽐내던 투수가 실전 등판에선 갑작스럽게 제구 난조를 보이는 경우.

민우의 생각대로라면 릿지는 지금 바로 그런 모습을 보이고 있는 것이었다.

민우는 그런 생각과 함께 조용히 대기 타석에 서 있던 블레이크를 불렀다.

"블레이크."

"응?"

자신을 부르는 목소리에 힐긋 고개를 돌린 블레이크는 민우가 조용히 손짓을 하는 모습에 천천히 더그아웃 쪽으로 다가갔다.

"릿지의 제구가 완벽하지 않은 것 같아요."

민우가 조용히 읊는 말에 블레이크가 무슨 소리냐는 듯한 표정을 지었다.

"연습 투구에서 포수가 내민 미트에 제대로 꽂힌 공이 하나도 없어요."

민우의 추가 설명을 들은 블레이크는 빠르게 고개를 돌려 릿지를 바라봤다.

하지만 이미 연습 투구를 끝낸 릿지에게서 민우가 설명한 그 모습을 찾을 수는 없었다.

"그 말, 확실한 거야?"

블레이크의 물음에 민우는 가볍게 고개를 끄덕였다.

"로니를 상대하는 것을 보면 확신이 설 것 같은데, 일단 제 생각엔 그래요. 릿지의 미간이 가볍게 찌푸려져 있는 것도 조금 걸리고요."

민우의 말대로 릿지의 미간에는 아주 미세하게 주름이 잡혀 있었다.

블레이큰 그런 모습을 발견하고는 의외라는 표정으로 민우를 바라봤다.

하지만 민우는 그런 블레이크의 시선을 신경 쓰지 않은 채, 빠르게 말을 이어갔다.

"만약 제 생각이 맞다면, 공을 지켜보면 지켜볼수록 릿지는 초조해질 거예요. 볼넷을 만들어낸다면 더더욱 좋고요. 판단은 로니를 상대하는 걸 보고 해도 늦지 않으니까 블레이크가 보고 판단하세요."

민우의 말이 끝나기가 무섭게 릿지와 로니의 대결이 시작되었다.

블레이크는 의문을 접어둔 채, 가볍게 고개를 끄덕이고는 대기 타석으로 돌아가 릿지의 공에 타이밍을 맞추기 시작했다.

'한 번 보자고.'

그리고 필리스 팬들의 환호와 박수를 받으며 릿지의 투구가 시작되었다.

슈우욱!

팡!

"볼!"

초구는 종으로 떨어지는 슬라이더였다.

하지만 그 공은 스트라이크존을 크게 벗어나며 바운드됐고, 루이즈의 미트를 피해 뒤쪽으로 굴러가 버렸다.

제2구는 스트라이크존의 한가운데로 꽂히는 포심 패스트볼로 스트라이크를 잡으며 카운트에 동률을 만들었다.

하지만 그것이 끝이었다.

이후 3개의 공이 내리 스트라이크존을 벗어나며 볼넷이 만들어졌다.

로니는 배트를 한 번도 휘두르지 않고 1루 베이스를 밟았다.

—음~ 시작은 좋지 않네요. 존 한가운데 찔러 넣은 공을 제외하고는 모두 눈에 띄게 존을 벗어나는 공으로 결국 볼넷을 내어 주고 말았습니다.

—아직 영점을 잡지 못한 걸까요? 이어서 타석에는 블레이크 선수가 들어섭니다.

배터 박스에 들어서던 블레이크는 민우의 말과 릿지의 투구 내용을 생각하며 미묘한 표정을 지어보였다.

'확실히 존 안쪽으로 과감히 넣질 못하고 있는데?'

릿지의 구속이나 구위에는 전혀 문제가 없어 보였다.

하지만 가장 중요한 제구력에서 문제를 보이는 모습을 보이고 있었다.

릿지는 포심 패스트볼과 종으로 떨어지는 슬라이더의 두 가지 구종을 주력으로 던지는 투 피치 유형의 투수였기에 그 구위만큼이나 제구력에도 큰 영향을 받는다고 할 수 있었다.

블레이크는 그런 점을 상기하며 존 안쪽으로 쏠리는 공을 기다렸다.

슈우욱!

팡!

"볼!"

초구는 몸 쪽을 파고드는 볼이었다.

몸을 급히 뒤로 젖히며 아슬아슬하게 피한 블레이크의 표정이 급격히 일그러졌다.

블레이크는 잠시간 릿지를 노려보고 나서야 천천히 배터 박스에 다시금 자리를 잡았다.

루이즈는 그런 블레이크를 잠시 흘겨보고는 릿지를 향해 양팔을 벌려 아래로 내리는 제스처를 보였다.

'진정하고. 침착하게 하자고.'

릿지는 그 모습에 가볍게 고개를 끄덕이고는 다시금 공을 뿌리기 시작했다.

하지만 이후 두 개의 공이 연속으로 볼이 되며 3볼이 만들어지자 릿지의 표정이 가볍게 일그러졌다.

'도대체 왜 이러는 거지.'

이유를 알 수 없었다.

마치 시즌 초반의 부진한 모습으로 되돌아간 듯한 느낌에 마음속 한구석에서 초조함이 스멀스멀 피어오르고 있었다.

"후우!"

초조함을 털어내려는 듯, 강하게 숨을 내쉰 릿지가 세트 포지션에서 빠르게 공을 뿌렸다.

슈우우욱!

팡!

하지만 그 회심의 공은 스트라이크존의 위쪽을 지나 포수의 미트에 꽂혔고, 그 모습에 주심은 손이 아래로 늘어뜨리며 허리를 폈다.

주심의 판정은 볼이었다.

2연속 볼넷.

블레이크에게는 스트레이트 볼넷이었고, 이전 로니의 타석까지 합치면 무려 7연속 볼을 던진 것이었다.

릿지를 응원하며 박수를 치던 필리스의 팬들이 일순 침묵에 휩싸였다.

노아웃 주자 1, 2루 상황이 만들어지자 필리스의 벤치가 분주하게 움직이기 시작했다.

동시에 루이즈가 릿지를 진정시킴과 동시에 시간을 끌기 위해 마운드를 방문했다.

타석에 천천히 들어서며 그 모습을 바라보는 민우는 그 생각대로 돌아가는 모습에 가볍게 미소를 지으며 배트를 휘둘러보였다.

그리고 그런 민우의 모습은 필리스의 팬들에게 이유를 알

수 없는 불안감을 안겨주고 있었다.

곧 루이즈가 릿지의 등을 가볍게 두드리고는 홈 플레이트로 되돌아왔다.

"왜, 스트라이크를 던질 수가 없답니까?"

민우의 물음에 루이즈는 피식 웃어 보였다.

"이렇게 이기면 심심하니까 주자 두 명 깔아주는 거란다. 걱정하지 마라."

민우의 가벼운 도발에 맞도발로 응수하는 루이즈였다.

하지만 민우는 그것이 호기임을 두 눈으로 보아 알고 있었다.

'후후. 볼만 7개니까, 초구는 결국 스트라이크를 잡고 가려고 할 거야. 그걸 노려보자.'

분명 흔들리는 영점을 맞추기 위해서라도 스트라이크존에 가까이 넣을 확률이 높았다.

민우는 그 공을 노려보기로 했다.

도박이었지만 타격 범위 내로만 들어온다면 최소 동점이었다.

사인 교환을 마친 릿지가 1루와 2루를 힐긋 바라봤다.

곧, 릿지가 심호흡과 함께 세트 포지션에서 빠른 동작으로 공을 뿌렸다.

슈우우욱!

릿지의 선택은 높은 코스의 포심 패스트볼이었다.

스트라이크존의 위쪽을 찌를 듯 날아오는 공에 민우는 거침없이 스트라이드를 내디뎠다.

그리고 매섭게 돌아가는 허리를 따라 민우의 배트가 벼락같이 돌아 나왔다.

따아아악!

너무나도 짜릿한 타격음이 그라운드를 타고 울려 퍼졌고, 충격을 받은 듯 릿지가 한쪽 무릎을 꿇은 채 마운드에 주저앉고 말았다.

민우는 잠시 끝없이 뻗어가는 타구를 바라보다가 이내 배트를 멋들어지게 집어던지고는 천천히 다이아몬드를 돌기 시작했다.

누군가 보았다면 민우의 배트 플립을 지적하며 욕설을 날려도 이상하지 않을 상황이었다.

하지만 필리스의 팬들은 충격을 받은 듯, 멍한 표정을 지은 채 타구를 쫓아 달려가는 빅토리노를 간절한 시선으로 바라보고 있을 뿐이었다.

그리고 곧 냉혹한 현실이 그들의 고개를 숙이게 만들었다.

텅!

민우의 타구는 시티즌스 뱅크 파크에서도 가장 깊은 곳인 센터 필드를 넘어 배터스 아이(Batter's Eye)를 강타하며 둔탁한 소리를 내뱉었고, 곧 그라운드 안으로 되돌아왔다.

—센터 방면! 큽니다! 멀리 뻗어갑니다! 타구는 뒤로! 계속해서 뒤로! 펜스를 넘겼습니다!!! 강민우 선수의 역전 스리런 홈런!

—릿지 선수가 연속해서 흔들리며 볼을 던지고 있는 와중에 스트라이크를 잡기 위해 들어온 공을 놓치지 않고 그대로 걷어내는 강민우 선수! 너무나도 중요한 타이밍에 터져 나온 홈런은 시티즌스 뱅크 파크를 침묵으로 밀어 넣습니다. 이 홈런으로 강민우 선수는 벌써 포스트 시즌 4경기 연속 홈런을 기록합니다!

묵직한 정적.

그리고 그런 정적을 가르며 울려퍼지는 다저스 선수들의 환호성.

그리고 그 주인공인 민우가 홈 플레이트를 밟으며 괴성을 질렀다.

"으아아아아!!"

마치 그 모습이 필리스 팬들의 눈에는 맹수가 포효하는 듯한 모습으로 보이고 있었다.

민우의 홈런 이후, 필리스의 벤치는 곧장 릿지를 내리고 매드슨을 투입해 후속 타자들을 돌려세우며 더 이상의 실점을 내어 주지는 않았다.

하지만 이미 분위기는 다저스에게로 완전히 넘어간 뒤였다.

9회 말, 다저스는 곧장 귀홍치를 투입했고, 필리스의 테이블 세터부터 3번 타자까지 깔끔하게 돌려세우며 경기는 그대로 끝이 나고 말았다.

경기가 패배로 끝이 난 것을 믿을 수 없다는 듯, 필리스의 팬들은 쉽사리 자리를 뜨지 못한 채 멍한 표정으로 오래도록 그라운드를 바라보고 있었다.

*   *   *

선수들과 승리의 기쁨을 나누며 호텔로 돌아온 민우는 곧장 스마트폰을 꺼내 들고는 어딘가로 전화를 걸었다.

잠시 통화 연결음이 들려온 뒤, 살짝 목이 잠긴 목소리가 들려왔다.

—여보세요?

민우는 그 목소리에 잠시 놀란 표정을 지었지만, 이내 천천히 미소를 지었다.

"어머니, 오늘 경기 보셨어요?"

—그래. 우리 아들, 오늘 정말 멋있더구나.

이연주의 목소리는 여전히 먹먹함이 느껴졌지만, 그와 더불어 자랑스러운 감정도 느껴지고 있었다.

민우는 그런 어머니의 목소리에 마음속에서 기쁨의 감정이 우러나오는 것을 느끼고 있었다.

어머니가 한국에서 자신의 경기를 단 한 번도 본 적이 없다는 이야기에 놀랐던 민우였다.

이연주는 그저 뉴스를 통해 간간히 민우의 모습을 보면서도 조마조마한 마음을 감추지 못했다고 했었다.

하지만 바로 오늘, 비록 TV이긴 했지만 민우의 경기를 처음으로 지켜봤고, 민우의 늠름한 모습을 보며 벅차오르는 감정을 느끼고 있는 것이었다.

"그런데 목소리가 왜 그래요? 오늘 위험한 거 하나도 없었고요. 상대 마무리 투수한테 결승 홈런도 크게 한 방 때렸어요. 이게 어머니 아들이에요. 짱이죠?"

―응. 그래그래. 누가 뭐래도 우리 아들이 최고다. 짱짱!

이연주가 어색하게 민우의 말을 따라하는 모습에 민우는 가볍게 웃음을 터뜨렸다.

그러고는 천천히 본론을 꺼내들었다.

"헤헤. 어머니, 그러니까 이제 정말로 걱정 안 하셔도 돼요. 저 정말로 아픈 데 하나도 없고, 야구도 정말 잘하고 있어요. 그러니까 어머니도 옛날처럼 야구장에 와서 제가 뛰는 모습을 직접 봐주셨으면 좋겠어요. 그럼 제가 더 힘이 날지도 몰라요."

이연주는 민우의 부상 이후, 단 한 번도 야구장을 찾은 적이 없었다.

민우가 어릴 적, 부상을 당하는 모습과 함께 수년 간 트라우마에 시달리는 모습을 곁에서 지켜봤기에 자연스레 야구장에 대한 거부감이 심해진 것이었다.

하지만 이제 민우는 트라우마를 벗어던진 채, 당당한 한 명의 메이저리거가 되어 있었다.

민우가 왜 자신을 계속 야구장으로 이끌고 가려는지도 잘 알고 있는 이연주였다.

'마음의 짐을 덜라는 의미이겠지.'

티를 내지 않는다고 했는데도, 속이 깊은 민우는 그 모든 것을 알고 있었다.

민우는 자신의 부상이 어머니의 책임이 아니라고, 그러니까 마음의 짐을 덜어버리고 야구장에 와서 자신을 응원해 주고 함께 즐기기를 바라고 있는 것이었다.

잠시간의 정적이 흐른 뒤, 이연주가 천천히 입을 열었다.

―그래. 아직 야구장을 떠올리기만 해도 몸이 떨리지만, 우리 아들이 그렇게 말하니까 가도록 해보마.

"정말이에요? 와아~"

민우는 마치 어린아이처럼 기뻐하고 있었다.

그리고 그 모습이 이연주의 마음의 짐을 더욱 덜고 있었다.

―2차전을 치르고 LA로 돌아온다고 했지?

"네. 제가 VIP석으로 잡아놓을 테니까 어머니는 그냥 딱 몸만 오시면 되는 거예요. 알았죠?"

민우의 흥분한 목소리에 이연주도 낮게 웃음을 보였다.

—그래, 알았다. 이 엄마는 아들한테 다 맡기고 기다리고 있을 테니까. 남은 경기도 절대로! 다치지 말고 잘 하고 돌아와야 한다. 알았지?

"네! 걱정 마세요!"

또 다시 이연주의 입에서 걱정이 쏟아져 나오자 민우는 빠르게 대답을 하며 그 걱정을 사전에 차단했다.

그렇게 얼마를 더 대화를 나누고 나서야 모자간의 통화는 끝을 맺었다.

제6장

또 하나의 기록을 향해서

필라델피아 시내의 한 호텔.

머리를 말아 올려 동그랗게 묶은 여성이 뿔테 안경을 쓴 채 노트북의 화면을 들여다보며 누군가와 대화를 나누고 있었다.

화면에는 머리가 희끗한 누군가가 호탕한 웃음을 짓는 모습이 보이고 있었다.

"이거 완전 물건이야. 자네가 쓴 기사, 한국에서 반응이 아주 좋아. 한국인 타자가 포스트 시즌에서 활약하는 것도 놀라운데, 4경기 연속 홈런까지 때리고 말이야. 이 기자, 이거 메이저리그 기록은 알아본 거지? 어때?"

또 하나의 기록을 향해서 283

편집국장의 물음에는 '당연히 알아봤지? 빨리 꺼내봐'라는 강력한 요구가 담겨 있었다.

그 지위가 있었기에 조금은 긴장할 법도 했건만, 아름은 당당한 표정으로 고개를 끄덕였다.

"포스트 시즌 연속 경기 홈런 기록은 카를로스 벨트란이 2004년 기록한 5경기 연속 홈런 기록이 최고입니다. 그리고 메이저리그 역사에서 단일시즌 포스트 시즌 최다 홈런 경기 기록도 있는데, 이건 그 유명한 배리 본즈가 2002년에 기록한 8경기가 최고 기록입니다. 두 기록 모두 앞으로 10년 이상은 깨어지지 않을 기록이라는 평가를 받았죠. 그런데 지금 강민우 선수가 그 기록 중 하나를 갱신할 듯한 모습을 보이고 있습니다. 당장 내일 경기에서도 홈런을 때린다면 5경기 연속 홈런으로 메이저리그 타이기록을 세우는 겁니다."

아름의 깔끔한 설명에 편집국장의 고개가 절로 끄덕여졌다.

"확실히 타의 추종을 불허하는 기록들이군. 포스트 시즌 연속 경기 홈런 기록에 최다 경기 홈런 기록까지. 그리고 강민우가 이제 이 기록을 노리고 있다 이 말이지. 흐음. 기록 파괴자라는 별명이 어울리는 모습이야. 하하. 이거 어쩌면 역사에 길이 남을 모습을 직접 볼 수도 있겠군."

"예. 저희는 두 가지 방향 모두 전제로 해서 기사를 작성하면 될 것 같습니다. 여기에 강민우 선수와의 단독 인터뷰를 싣는다면 타사의 기사와도 차별화를 둘 수 있을 것이고요."

마치 자신이 그런 기록을 세운 것처럼 뿌듯한 표정을 짓던 편집국장이 잠시 턱을 쓰다듬다가 천천히 고개를 들어 아름을 바라봤다.

"자네가 미국에서 고생이 많군. 덕분에 강민우와 관련된 기사 하면 바로 우리 몬스터스포츠뉴스라는 인식이 팬들의 머리에 자리 잡고 있다네. 이게 다 자네의 공이야."

편집국장의 칭찬에 아름이 미소를 지으며 가볍게 고개를 숙였다.

"감사합니다."

"그리고 이번 4경기 연속 홈런 기사가 나가면서 그 관심이 역대급으로 상승하고 있어. 그러니까 이번에도 단독 인터뷰, 아니 단독이 아니더라도 가장 먼저 인터뷰를 따서 기사를 내보내야 해. 자신 있지?"

당근과 채찍을 동시에 내미는 편집국장의 모습에 아름은 쓴웃음을 지으면서도 가볍게 고개를 끄덕여보였다.

"맡겨만 주십시오."

"오케이. 내가 허가할 테니 지금까지 해온 대로 신속 정확하게 기사 작성해서 논스톱으로 올려."

"네! 알겠습니다."

곧, 메신저의 대부분을 차지하고 있던 큼지막한 화면이 까맣게 변하며 연결이 종료되었음을 알렸다.

아름은 곧 자신이 작성한 기사의 리플들을 확인하며 기쁨에 찬 미소를 지었다.

경기가 끝나자마자 올린 기사는 한 시간이 채 지나지 않아 스포츠 뉴스 1위에 랭크되었고, 기사에 달린 댓글만 수천 개를 넘어가고 있었다.

수천 개의 댓글은 웬만큼 인기 있는 기사에도 쉬이 달릴 만한 개수가 아니었다.

그만큼 국민들의 관심이 월드컵만큼이나 민우에게로 쏠려 있다는 뜻이기도 했다.

그리고 민우의 기사 바로 아래에 걸린, 2위에 랭크 된 기사가 바로 LC의 한국 시리즈 3승을 알리는 내용이었다.

DTD의 저주가 무색하게 호성적을 기록하며 한국 시리즈까지 올라온 LC의 행보는 가히 무시무시한 수준이었다.

1, 2차전을 내리 가져간 LC는 3차전에서도 그 기세를 잃지 않았다.

한국 시리즈 3차전, AK의 선발로 나선 에이스, 가도카와를 상대로 강태성이 쐐기를 박는 스리런 홈런을 때리며 3차전을 승리로 가져갔고, LC는 AK를 상대로 3차전까지 3승을 기록하게 되었다.

7전 4선승제인 한국 시리즈에서 LC는 우승까지 단 1승만을 남겨두며 '16년 만의 우승'이란 꿈을 드디어 코앞에 두고 있었다.

하지만 그런 이슈에도 불구하고 야구팬들의 관심은 메이저리그 포스트 시즌에서 연이어 터지는 민우의 홈런포에 더욱 쏠려 있었다.

그리고 그 결과가 바로 뉴스랭킹으로 나타나고 있었다.

'강태성이 메이저리그로 가는 건 거의 확실하겠는데.'

이미 시즌 초, LC와 1+1 계약으로 협의를 맺어 둔 강태성이었기에 메이저리그 진출은 거의 확실해 보였다.

여기에 민우의 활약이 강태성의 메이저리그 진출에 긍정적인 영향을 줄 것이라는 예상이 상당부분 존재하고 있었다.

한국 프로야구 2군 신고선수 출신 선수가 메이저리그에서 포텐을 터뜨렸다.

기존 아마추어 선수들과는 전혀 다른 루트를 타고 미국으로 넘어와 마이너리그를 초토화시키고 메이저리그마저 정복해 버린 강민우의 모습은 한국 타자들에 대한 신뢰감을 상승시키는 계기가 되었다.

그리고 강태성이 그 첫 번째 수혜자가 될 확률이 높았다.

'계약 조건은 작년보다 월등히 좋아지겠지. 강태성이 고마워할지는 잘 모르겠지만……'

강태성이 돈을 쫓을 생각이었다면 진즉에 메이저리그 행비행기에 몸을 실었을 것이다.

하지만 강태성은 메이저리그가 아닌 LC행을 선택했고, 자신감 넘치는 계약 내용대로 한국 시리즈 우승을 코앞에 두고 있었다.

'정말 LC의 한국 시리즈 우승이 이유였을까.'

강태성의 계약에 대해서는 다양한 추측이 있었지만 확실히 밝혀진 것은 아무것도 없었다.

잠시 강태성에 대한 생각에 잠겨있던 아름이 가볍게 고개를 털며 호기심을 떨쳐냈다.

지금 자신의 일은 한국이 아니라 메이저리그, 그중에서도 강민우에 대한 기사를 쓰는 것이었다.

아름은 곧 빠르게 인터넷 브라우저를 종료시키고는 미리 작성해둔 기사가 적힌 문서에 살을 덧붙이고 빼고를 반복하기 시작했다.

　　　＊　　　　　＊　　　　　＊

내셔널리그 챔피언십 시리즈 2차전.

홈에서의 당한 역전패의 충격이 차마 다 가시지 않은 듯, 필리스의 팬들의 얼굴에는 우려 섞인 감정들이 드러나고 있었다.

필리스의 선수들 역시 그런 기분은 마찬가지인 듯, 훈련에 임하는 그들의 얼굴에는 웃음기를 찾아볼 수 없었다.

전날, 역전 결승 홈런을 얻어맞으며 무릎을 꿇었던 릿지 역시 절치부심한 표정으로 경기 전 몸 풀기에 매진하고 있었다.

이처럼 굳어진 필리스와는 달리 다저스의 분위기는 적진이라는 것이 티가 나지 않을 정도로 밝게 느껴졌다.

그리고 이런 팀 분위기는 곧 시작된 경기로까지 이어졌다.

필리스의 선발투수로 나선 이는 신시네티와의 디비전 시리즈 2차전에서 5이닝 4실점(3자책)으로 크게 흔들렸던 오스왈트였다.

후반기, 완벽한 모습을 보였던 오스왈트였지만 신시네티전에서 제구의 어려움을 겪으며 다시금 불안한 모습을 보이며 팬들의 우려를 자아내고 있었다.

그리고 그런 우려가 현실이 되는 것은 채 2이닝이 걸리지 않았다.

따악!

따악!

"베이스 온 볼스!"

연속 안타에 뒤이은 볼넷까지.

자연스레 주자는 만루가 되었고, 타석에는 타선의 한 축을 담당하고 있는 4번, 블레이크가 들어서 있었다.

1회부터 단 하나의 아웃 카운트도 잡지 못한 채 흔들리는 오스왈트의 모습에 시티즌스 뱅크 파크를 가득 메운 붉은색의 물결이 불안하게 출렁이고 있었고, 블레이크의 등장과 함께 그 긴장은 극에 달했다.

1회부터 위기를 맞은 오스왈트는 굳어진 표정으로 천천히 포수의 사인에 고개를 끄덕였다.

곧, 와인드업과 함께 오스왈트가 혼신의 힘을 다해 공을 뿌렸다.

슈우우욱!

따아악!

그리고 다시 한 번 거친 타격음과 함께 타구가 높이 떠올랐다.

하지만 앞으로 나아가야 할 타구는 그 방향을 너무나도 높게 잡은 탓에 곧 힘을 잃고 떨어져 내렸고, 자리를 천천히 옮기던 유격수, 폴랑코에게 잡히고 말았다.

큼지막한 타격음에 비해 내야를 얼마 벗어나지 못하고 잡힌 그 타구에 필리스의 팬들은 가슴을 부여잡으며 안도의 한숨을 내쉬었고, 일부는 드디어 한 개의 아웃 카운트를 잡아낸 오스왈트를 응원하며 박수를 치고 있었다.

아웃 카운트가 하나 늘어났지만 주자는 여전히 만루 상황이었다.

위기는 아직 끝난 것이 아니었다.

타석에는 필리스의 팬들을 충격과 공포에 떨게 만들었던 타자가 들어서고 있었다.

민우가 타석으로 이동하며 배트를 강하게 휘두르는 모습에 필리스 팬들의 얼굴이 급격히 굳어져 갔다.

그리고 그런 공포를 인정할 수 없다는 듯, 필리스의 팬들이 목청껏 소리를 지르며 오스왈트를 응원하기 시작했다.

"으으……."

"오스왈트! 한 번만 막자!"

"넌 할 수 있어!"

"지금까지 해왔던 것처럼 하면 돼!"

하지만 그들 자신의 목소리부터 이미 긴장이 가득 담겨 있었다.

그리고 민우를 상대로 어떤 공을 던질지, 어떤 코스로 던져야 할지를 선택해야 할 루이즈에게는 막중한 중압감으로 다가오고 있었다.

'한 점을 더 주는 게 낫지 않을까.'

루이즈는 밀어내기 볼넷으로 한 점을 더 주더라도 민우를 내보내고 싶었다.

어제의 충격이 너무 컸기에 그도 모르게 그런 나약한 생각을 하고 있는 것이었다.

하지만 그런 결정을 쉬이 허락해 줄 감독은 없었다.

필리스의 감독, 매뉴얼의 피부는 경기 초반부터 벌겋게 달아올라 있었다.

'여기서 밀리면 끝이야.'

2차전에서는 기필코 반전이 필요했다.

그리고 그 중심에서 첨병 역할을 해주어야 하는 것이 바로 선발투수인 오스왈트였다.

비록 지난 디비전 시리즈에서 부진한 모습을 보였지만, 가끔은 그런 날도 있는 것이었다.

하지만 오늘 경기에서 더더욱 심하게 흔들리는 모습은 매뉴얼 감독의 속을 타들어가게 만들고 있었다.

만약 여기서 최소 실점으로 이닝을 마무리 짓는다면 다행이었지만, 대량 실점으로 이어진다면 불펜을 가동할 수밖에 없었다.

그리고 일찍부터 불펜을 가동한다는 것은 곧 불펜의 과부하로 연결될 수밖에 없었다.

승리도 중요하지만 7전 4선승제인 챔피언십 시리즈와 그 이후까지 생각한다면 적절한 분배가 필요했다.

그렇기에 선발투수가 못해도 5이닝은 소화해 주어야만 했다.

매뉴얼 감독은 혹시 모를 상황을 대비하기 위해 투수 코치에게 미리 지시를 내려놓고 경기의 추이를 지켜보기 시작했다.

하지만 잠시 뒤, 매뉴얼 감독은 얼굴이 뭉개질 정도로 얼굴을 부여잡고 말았다.

*　　　　*　　　　*

루이즈의 요구에 따라 뿌려진 오스왈트의 포심 패스트볼이

스트라이크존의 바깥쪽 낮은 코스를 파고들었다.

올곧게 날아오는 공의 모습에 민우의 두 눈이 번쩍하고 빛났다.

'포심!'

동시에 기다렸다는 듯, 체중을 가득 실은 민우의 배트가 거침없이 휘둘러졌다.

따아아악!

큼지막한 타격음과 함께 타구는 아주 살짝 밀어 친 듯한 궤적을 그리며 좌중간 방면으로 뻗어가고 있었다.

민우는 손을 타고 올라오는 아주 미세한 진동에 타구를 바라보지도 않은 채, 천천히 다이아몬드를 돌기 시작했다.

그리고 민우를 대신해 다저스의 나머지 선수들이 만세를 부르며 환호성을 내질렀다.

―아~ 큰데요! 쭉쭉 뻗어가는 타구! 높이! 멀리! 2층! 관중석으로! 넘어~ 갑니다! 강민우 선수의 환상적인 그랜드슬램!

텅!

곧 둔탁한 소리와 함께 타구가 2층 관중석을 강타하며 높이 튀어 올랐다.

하지만 필리스의 팬들 중 그 누구도 홈런 타구를 잡기 위해 손을 뻗는 이가 없었다.

그리고 6번 타자인 켐프는 이미 산산조각 난 필리스의 멘탈을 완전히 바스러뜨려 버렸다.

따아악!

또 하나의 타구가 우측 펜스를 훌쩍 넘어가 자취를 감추자 시티즌스 뱅크 파크에는 무거운 정적이 흘렀다.

오스왈트는 이후에도 정신을 차리지 못하며 7, 8번 타자에게 연속 안타를 허용했다.

그리고 투수인 빌링슬리에게까지 안타를 허용하며 와르르 무너지고 말았다.

0.1이닝 6실점.

뒤늦게 필리스의 불펜이 총 동원되며 추가 실점을 막을 수 있었지만 이미 너무나도 늦은 뒤였다.

이날 경기는 훗날, 오스왈트가 보였던 모습 중 가장 나쁜 모습 중 하나로 두고두고 회자되었다.

*   *   *

챔피언십 시리즈 2전 2승 무패.

그 전적만큼이나 LA로 돌아가는 다저스 선수들의 분위기는 거의 축제와도 같았다.

시티즌스 뱅크 파크의 원정 팀 라커 룸에는 클럽에 온 듯한 음악이 흘러나오며 때 아닌 파티가 벌어지고 있었다.

시리즈가 한창 진행 중이었기에 술을 마시는 것은 허용되지 않았지만 술을 대신해 음악과 춤이 선수들을 취하게 만들고 있었다.

LA로 돌아가기 위해 짐을 정리하는 것도 잊어버린 듯, 선수들은 돌아가면서 춤을 추고 노래를 부르는 등 난리 아닌 난리를 피우는 모습이었다.

"와하핫! 민우! 넌 도대체 거기서 뭐 하고 있는 거야!"

"야! 저 녀석 끌고 나와! 이렇게 좋은 날은 즐길 줄도 알아야지!"

기브스와 존슨의 외침에 젠슨을 포함한 루키 선수들이 민우를 끌다시피 하며 임시 무대로 명명된 라커 룸의 중앙으로 데리고 나왔다.

얼떨결에 끌려 나온 민우는 흘러나오는 음악과 주변을 둘러싼 선수들의 눈길에 어색한 표정을 지어 보였다.

하지만 선수들의 열렬한 눈빛을 이길 수 없다는 듯, 깊은 한숨을 쉬고는 천천히 몸을 움직이기 시작했다.

그리고 민우의 춤사위에 선수들의 표정이 하나둘 변해가기 시작했다.

그렇게 잠깐의 시간이 흐른 뒤.

"풉!"

"푸하하핫!"

누가 먼저랄 것도 없이 참았던 웃음이 터져 나왔다.

"와~ 민우가 못하는 것도 있네."

한 선수의 말에 주변에 있던 선수들이 일제히 피식거리며 고개를 끄덕였다.

마치 고목나무가 흔들거리는 것처럼 뻣뻣한 움직임에, 어떻게 저러나 싶을 정도로 엇박자를 맞추는 민우의 모습은 상상한 그 모습과 반대로 너무나도 엉망이었다.

선수들의 웃음에 창피할 만도 했지만 민우는 오히려 더 당당하게 몸을 흔들며 자신을 불렀던 기븐스에게로 다가갔다.

"저는 분명히 안 추려고 했습니다~"

"오 마이 아이즈! 플리즈! 스톱!!"

기븐스는 그 모습에 배를 부여잡은 채, 웃는 것도, 우는 것도 아닌 표정으로 반대쪽 손을 휘적거렸다.

그리고 그 모습이 다른 이들의 웃음을 다시 한 번 터뜨리고 말았다.

그렇게 즐거운 기분을 만끽하고 나서야 선수들은 하나둘 공항으로 가는 버스에 몸을 실었다.

그리고 그사이 다양한 언론들이 기사를 작성하며 경기 결과를 빠르게 전 세계로 전하고 있었다.

*   *   *

(다저스, 적지에서 2연승 거두며 월드 시리즈에 바짝 다가서.)

〈NL 승률 1위 필리스, 다저스를 맞이하여 충격의 홈 2연패 당해. 무거운 마음으로 다저스 원정길에 올라.〉

이런 다양한 기사의 홍수 속에서도 한국에서 가장 관심을 모은 것은 역시 민우의 타이기록 달성 기사였다.

〈'기록 파괴자' 강민우, 포스트 시즌 5경기 연속 홈런으로 메이저리그 타이기록 세워. 2004년 벨트란 이후 6년 만. 팀은 2연승.〉

'기록 파괴자'라는 거창한 별명이 메인타이틀을 장식하며 팬들의 이목을 끌었고, 한 줄로 요약된 민우의 활약상은 수많은 메이저리그 팬을 열광하게 만들고 있었다.

하지만 그 중에서도 팬들의 가슴을 뜨겁게 만든 것은 하나의 인터뷰 내용이었다.

▲메이저리그 포스트 시즌 연속 경기 홈런 기록과 타이 기록을 달성했다. 이는 2004년 벨트란이 달성한 이후 최초의 기록인데 기분이 어떤가?

─사실 홈런을 치고 나서야 내가 타이기록을 이루었다는 사실을 알았다. 이 홈런은 내가 가장 사랑하는 단 한 분께 바치고 싶다.

▲사랑하는 사람이라. 낭만적이다. 그게 누구인가?

―바로 나의 어머니다. 어머니께선 어릴 적 내가 부상을 당해 좌절과 고통을 겪는 모습을 옆에서 지켜보고 보살펴 주시느라 너무나도 고생이 많으셨다.

그로 인해 야구의 '야' 자를 꺼내는 것조차 거부하셨다. 그리고 그것이 마음의 짐이자 병이 되어 지금껏 어머니를 얽매고 있었다. 하지만 이제는 더 이상 신경 쓰지도, 걱정하지도 않으셔도 된다고 말씀을 드리고 싶다. 내가 오늘 날린 홈런과 함께 과거를 모두 털어버리셨으면 좋겠다.

감개무량한 표정을 지으며 이야기하는 민우의 모습에 마이크를 들고 있던 아름이 뿌듯한 미소를 지어 보였다.

▲마지막으로 어머니께 하고 싶은 말이 있다면?

나는 이제 어머니가 우려할 필요가 없을 정도로 건강하다.

누군가에게는 건방지게 들릴지도 모르지만 그 누구에 지지 않을 정도의 실력도 갖췄다. 이제는 경기장에서 아들이 뛰는 모습을 직접 보면서 즐기셨으면 좋겠다. VIP석으로 이미 마련해 놨으니 몸만 오시면 된다. 그리고 언제나 그랬지만 너무너무 사랑한다고 말씀드리고 싶다. 사랑합니다.

민우의 어머니에 대한 마음이 가득 담긴 인터뷰에 팬들 역시 마음이 뭉클해지는 것을 느끼고 있었다.

뒤늦게 민우의 기록에만 관심을 가졌던 많은 사람들은 민우가 왜 이리 열심히 야구를 하는지, 그가 어떤 마음으로 야구에 임하는 지를 깨달았다는 듯 응원의 목소리를 냈다.

―노력은 배신하지 않는다는 말이 딱 들어맞네.
―저런 마인드니까 성공할 수밖에 없지.
―기왕 시작한 거 기록 전부 다 깨버리자.
―우리 어머니 생각난다. 있을 때 잘하자. 후회하지 말고.
―나도 더 열심히 해서 어머니 호강시켜 드려야겠다.
―월드 시리즈 우승으로 유종의 미를 거두길.

그리고 이런 인터뷰 내용은 하루 뒤, 미국 내의 언론에서도 일부 인용하며 미국에도 알려지게 되었다.

인터뷰가 담긴 기사가 나가자 그렇지 않아도 좋았던 민우의 이미지는 더욱 호감형으로 바뀌어갔다.

여기에 민우의 성공 요인이 그 스스로의 성실함과 근면함에서 비롯된 것이라는 것이 알려지자 메이저리거를 꿈꾸는 수많은 어린 선수들에게도 꽤나 긍정적인 영향을 미쳤다.

한 언론에서는 약물과 폭력, 음주운전 등으로 얼룩진 메이저리그의 명예를 빛내는 우수한 선수라고 치켜세웠고, 모든 선수들이 민우를 본받아야 한다며 칭찬을 아끼지 않았다.

　　　　　*　　　　*　　　　*

　민우와 어머니를 태운 퍼거슨의 차가 도로를 천천히 달리고 있었다.

　민우의 숙소와 다저스타디움은 지근거리였기 때문에 차로 이동하는 시간은 그리 길지 않았다.

　민우가 다저스타디움을 처음 찾았을 때처럼, 창밖으로 널찍한 주차장과 함께 어렴풋이 보이는 다저스타디움의 모습을 발견한 연주는 가볍게 몸을 떨었다.

　민우는 그런 어머니의 변화에 가볍게 그 손을 잡았다.

　"떨리세요?"

　민우의 물음에 연주가 숨을 가볍게 내쉬며 고개를 저었다.

　"아니다. 우리 아들 뛰는 거 보는 건데, 뭘. 그냥… 너무 오랜만이라서 그런가 봐."

　어머니의 말에 민우는 더 이상 아무런 말도 하지 않은 채, 그 손을 꽉 잡아주었다.

　언젠가는 해야 할 일이었다.

　오늘만 하고 야구를 그만둘 것이 아니었다.

　만약 어머니가 마음 한구석에 자리 잡은 야구장에 대한 두려움과 부담, 죄책감 등을 내버리지 못한다면 민우가 야구를 하는 10년, 그 이상의 시간 동안 계속해서 시달리게 될 것이다.

그것은 분명했다.

그건 민우에게도, 어머니에게도 절대로 좋은 일이 아니었다.

하지만 그렇다고 급하게 하는 것은 오히려 역효과가 날 수 있었다.

그래서 민우는 미국에서 자신이 지금껏 잘 뛰어왔다는 것을 어머니에게 말씀드리는 것부터 시작했다.

이후 TV 중계를 통해 자신이 당당하게 한 선수로서 역할을 하며 뛰는 모습을 보여드렸다.

그러니 이제는 직접 경기장으로 모시고 가며 자신의 부상으로 생겼던 트라우마를 완전히 벗어던지게 할 생각이었다.

"퍼거슨, 저희 어머니 잘 부탁드려요."

민우가 고마움이 담긴 표정을 지으며 하는 말에 퍼거슨이 옅게 웃어 보였다.

"걱정 말아요. 어머니는 제가 잘 모시고 경기에 대해서도 잘 설명해 드릴 테니까요. 강민우 선수는 경기에 집중하세요. 좋은 모습을 보여야 어머니께서도 기뻐하실 테니까요."

"예. 고마워요. 마틴도 통역 잘 부탁드릴게요."

퍼거슨에게 영어로 이야기하던 민우의 입에서 갑자기 한국어가 나왔다.

그리고 그런 민우의 말에 포마드 헤어를 한, 정장 차림의 남성, 마틴이 미소를 지은 채 고개를 끄덕였다.

"예. 걱정은 붙들어 매셔도 됩니다. 그럼, 오늘도 파이팅입니다!"

마틴은 가볍게 주먹을 들어 올리며 응원의 제스처를 보였고 민우도 웃으며 고개를 끄덕였다.

그렇게 민우는 라커 룸으로, 연주와 퍼거슨, 마틴은 관중석으로 각각 발걸음을 옮겼다.

＊　　　　＊　　　　＊

"민우, 우리 어머니는 어디 계셔?"

기븐스가 마치 진짜 어머니를 찾는 양 말하는 것에 민우가 피식 웃어 보였다.

'내가 걱정하는 게 그렇게 티가 났나.'

기븐스의 속 깊은 배려가 담긴 장난에 민우도 가볍게 응수해 줬다.

"비행기 표는 잘 전해드렸어요?"

"응, 이상하네. 분명히 민우 너랑 손 꼭 잡고 온다고 하셨는데 말이야. 오~ 저기 계시네."

잠시 고개를 갸웃거리던 기븐스는 관중석의 한곳에 있는 민우의 어머니를 발견하고는 환한 미소를 지은 채 손을 흔들어 보였다.

그 모습에 그 방향에 있던 관중들도 일제히 손을 흔들며 웃음을 보였다.

"고마워요."

"응? 뭐가?"

"저 생각해서 이렇게 장난치는 거잖아요."

민우가 은은한 미소를 지으며 하는 말에 기븐스는 영문을 모르겠다는 표정을 지었다.

"그게 무슨 소리야? 내가 우리 어머니한테 인사하는 게 왜 고마울 일이야?"

기븐스의 말에 잠시 멍한 표정을 짓던 민우는 이내 피식 웃으며 몸을 돌렸다.

"아무것도 아니에요."

민우가 몸을 돌리고 나서야 기븐스는 장난스러운 표정 대신 가벼운 미소를 지으며 민우를 바라봤다.

'긴장해서 좋을 것 없잖냐. 오늘 제대로 한 방 날려서 네 어머니 기쁘게 해드려라.'

＊　　　＊　　　＊

경기는 빠르게 시작되었다.

필리스는 1회 초부터 릴리를 상대로 거침없이 배트를 휘두르며 공격적인 모습을 보였다.

하지만 그 결과는 유격수 직선타—우익수 플라이로 그리

좋지 않았다.

그리고 타석에는 3번 타자인 어틀리가 들어서 있었다.

어틀리는 뛰어난 선구안을 자랑하듯, 앞선 타자들과 달리 릴리의 공을 신중히 지켜보면서 기회를 노리고 있었다.

2볼 1스트라이크 상황.

릴리의 공이 다시금 뿌려지는 순간, 어틀리의 허리가 매섭게 돌아갔다.

따아악!

큼지막한 타격음과 함께 낮게 쏘아진 타구가 우중간을 향해 날아가기 시작했다.

어틀리의 타구는 누가 봐도 안타가 될 수 있을 법한 궤적을 그리고 있었다.

하지만 단 하나의 안타도 허용하지 않겠다는 듯, 민우는 엄청난 스피드로 낙구 지점을 향해 달려가고 있었다.

그 모습에 이연주의 눈도 그 움직임을 따라 돌아가기 시작했다.

긴장한 듯, 주먹을 꽉 쥐는 모습에 퍼거슨이 조심스레 그 손을 맞잡아 주었다.

곧, 타구가 민우의 눈높이까지 내려온 순간, 민우가 바닥을 박차며 몸을 날렸다.

잠시 체공을 하며 앞으로 뻗은 글러브와 타구의 궤적이 맞닿는 순간.

팍!

촤아아악!

가죽이 울리는 소리와 함께 민우가 글러브를 말아 쥐었고, 곧 민우의 몸은 그라운드로 내려앉으며 주르륵 미끄러졌다.

잠시 뒤, 가볍게 자리를 털고 일어난 민우가 글러브에서 공을 꺼내 내야로 가볍게 던진 뒤, 미소를 지은 채 더그아웃으로 향했다.

그 모습에 주변에서 일제히 환호성이 쏟아졌다.

"나이스 캐치!!"

"저걸 또 잡다니!"

"센터필드는 걱정이 없다!"

민우가 달려갈 때부터 조마조마하게 그 모습을 지켜보던 연주는 민우가 호수비를 보여주며 관중들의 환호를 받는 모습에 감격에 찬 표정으로 두 손을 쥐었다.

TV로 보는 것과는 또 다른 느낌이었다.

언제 심각한 부상을 당했었냐는 듯, 민우의 움직임에는 거침이 없었다.

그리고 그 움직임 하나하나에 모든 이들이 열광하고 있었다.

마치 어릴 적, 민우가 또래의 아이들과 야구를 하면서 두각을 나타내던 그때의 모습을 보는 듯했다.

'장하네, 우리 아들. 그리고 고맙다.'

그리고 그렇게 민우의 움직임 하나하나에 집중할수록, 연주의 마음속에 자리 잡고 있던 트라우마와 죄책감은 조금씩, 조금씩 무뎌져 가고 있었다.

『메이저리거』 12권에 계속…

이제부터 전자책은

이젠북

www.ezenbook.co.kr

새로운 세계가 열린다!

김재한 『성운을 먹는 자』	철백 『대무사』
니콜로 『마왕의 게임』	가프 『궁극의 쉐프』
이경영 『그라니트:용들의 땅』	문용신 『절대호위』
탁목조 『일곱 번째 달의 무르무르』	천지무천 『변혁 1990』
강성곤 『메이저리거』	SOKIN 『코더 이용호』

이름만 들어도 황홀할 정도의 별들의 향연!
이들의 "유료연재"가 시작됩니다!

검색창에 **이젠북**을 쳐보세요! ▼

초대형 24시 만화방

신간 100%, 샤워실, 흡연실, 수면실(침대석), 커플석, 세탁기 완비

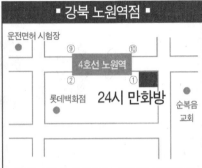

▪ 강북 노원역점 ▪

서울 노원구 상계동 340-6 노원역 1번 출구 앞 3층
02) 951-8324 (화용빌딩 3층)

▪ 일산 정발산역점 ▪

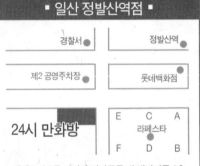

라페스타 E동 건너편 먹자골목 내 객잔건물 5층
031) 914-1957

▪ 일산 화정역점 ▪

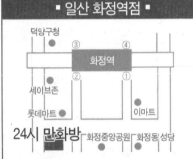

경기도 고양시 덕양구 화정동 984번지 서일빌딩 7층
031) 979-4874 (서일사우나 건물 7층)

▪ 부천 역곡역점 ▪

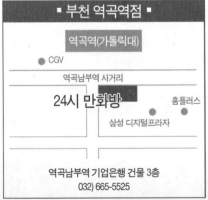

역곡남부역 기업은행 건물 3층
032) 665-5525

▪ 부평역점 ▪

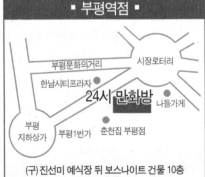

(구) 진선미 예식장 뒤 보스나이트 건물 10층
032) 522-2871

만상조 新무협 판타지 소설

FANTASTIC ORIENTAL HEROES

천하제일이란 이름은 불변(不變)하지 않는다!

『광풍제월』

시천마(始天魔) 혁무원(赫撫源)에 의한 천마일통(天魔一統)!
그의 무시무시한 무공 앞에 구대문파는 멸문했고,
무림은 일통되었다.

"그는 너무나도 강했지.
그래서 우리는 패배했고, 이곳에 갇혔다."

천하제일이란 그림자에 가려져 있던 수많은 이인자들.

"만약……."
"이인자들의 무공을 한데로 모은다면 어떨까?"
"시천마, 그놈을 엿 먹일 수도 있을 거야."

이들의 뜻을 이어받은 소년, 소하.
그의 무림 진출기가 시작된다.

Book Publishing CHUNGEORAM

유행이 아닌 자유추구 -
WWW.chungeoram.com

풍신서윤

風神

徐潤

강태훈 新무협 판타지 소설

FANTASTIC ORIENTAL HEROES

2015년 대미를 장식할 무협 기대작!

『풍신서윤』

부모를 잃은 서윤에게 찾아온
권왕 신도장천과 구명지은의 연.
그러나 마교의 준동은
그 인연을 죽음으로 이끄는데……

"나는 권왕이었지만
너는 풍신(風神)이 되거라!"

권왕의 유언이 불러온 새로운 전설의 도래.
혼란스러운 세상을 정화하는 풍신의 질주가 시작된다!

Book Publishing CHUNGEORAM

유행이 아닌 자유추구 -
WWW.chungeoram.com

네르가시아 장편소설
FUSION FANTASTIC STORY

도시 무왕 연대기

글로벌 기업의 후계자 김태하.
탄탄대로를 걷던 그에게 거대한 음모가 덮쳐 온다!

『도시 무왕 연대기』

가장 믿고 있었던 친척의 배신,
그가 탄 비행기는 추락하고 만다.

혹한의 땅에서 기적같이 살아나
기연을 만나게 되는데…….

모든 것을 잃은 남자,
김태하의 화끈한 복수극이 시작된다!

Book Publishing CHUNGEORAM

유행이아닌 자유추구
WWW.chungeoram.com

FUSION FANTASTIC STORY

성운을 먹는 자

김재한 퓨전 판타지 소설

『폭염의 용제』, 『용마검전』의 김재한 작가가 펼쳐 내는
이제까지와는 전혀 다른 새로운 이야기!

『 성운 을 먹 는 자 』

하늘에서 별이 떨어진 날
성운(星運)의 기재(奇才)가 태어났다.

그와 같은 날,
아무런 재능도 갖지 못하고 태어난 형운.
별의 힘을 얻으려는 자들의 핍박 속에서 한 기인을 만나다!

"어떻게 하늘에게 선택받은 천재를 범재가 이길 수 있나요?"
"돈이다."
"…네?"
"우리는 돈으로 하늘의 재능을 능가할 것이다."

Book Publishing CHUNGEORAM

유행이 아닌 자유추구 -

WWW.chungeoram.com

박선우 장편소설
FUSION FANTASTIC STORY

멋진 *Wonderful* 인생 *Life*

태어나며 손에 쥔 것이라고는 가난뿐.

그러나 내게는 온몸을 불사를 열정과
목숨처럼 소중한 사랑이 있었다.

『멋진 인생』

모두가 우러러보는 최고의 직장이자 가장 치열한 전쟁터,
천하그룹!

승진에 삶을 바친 야수들의 세계에서 우뚝 서게 되는
박강호의 치열하지만 낭만적인 이야기!

Book Publishing CHUNGEORAM

유행이 아닌 자유추구
WWW.chungeoram.com

강준현 장편소설
FUSION FANTASTIC STORY

인생을 바꿔라

『복수의 길』, 『개척자』 강준현 작가의
2016년 신작!

자신이 무엇인지 알지 못하는 정신체, 염,
세상을 떠돌며 사람의 몸속으로 들어가
에너지를 얻고 나오길 반복하던 어느 날.

사고로 인한 하반신 마비, 애인의 이별 선언,
삶에 지쳐 자살하려는 김철의 몸에 들어가게 되는데……,

"뭐, 뭐야! 아직도 못 벗어났단 말이야?"

새로운 삶을 살리라,
정처 없이 떠돌던 그의 인생 개척이 시작된다!

"어떤 삶인지 궁금하다고? 그럼 한번 따라와 봐."

Book Publishing CHUNGEORAM

유행이 아닌 자유추구
WWW.chungeoram.com

궁극의 쉐프

가프 장편소설

FUSION FANTASTIC STORY

태초의 우물에서 찾은 사막의 기적.
사람의 식성과 식욕을 색으로 읽어내는 능력은
요리의 차원을 한 단계 드높인다.

『궁극의 쉐프』

요리란!
접시 위에 자신의 모든 것을 담아내는 것.

쉐프란!
그 요리에 자신의 가치를 증명하는 사람.

"요리 하나로 사람의 운명도 좌우할 수 있습니다."

혀를 위한 요리가 아닌, 마음을 돌보는 요리를 꿈꾸는
궁극의 쉐프 손장태의 여정이 시작된다!

Book Publishing CHUNGEORAM

유행이 아닌 자유추구 -
WWW.chungeoram.com

철순 장편소설

FUSION FANTASTIC STORY

괴물 포식자

지구 곳곳에 나타난 차원의 균열.
그것은 인류에게 종말을 고하는 신호탄이었다.

『괴물 포식자』

괴물을 먹어치우며 성장한 지구 최강의 사내, 신혁돈.
그는 자신의 힘을 두려워한 인류에 의해
인류의 배신자라는 낙인이 찍히고 죽게 되는데…

[잠식이 100%에 달했습니다.]
[히든 피스! 잠들어 있던 피닉스의 심장이 깨어납니다.]

불사의 괴물, 피닉스의 심장은
신혁돈을 15년 전으로 회귀하게 한다.

먹어라! 그리고 강해져라!
괴물 포식자 신혁돈의 전설이 시작된다!

Book Publishing CHUNGEORAM

유행이 아닌 자유추구 -
WWW.chungeoram.com